KB121120

로크미디어가
유혹하는
재미있는 세상

ROK
MEDIA
로크미디어

이것이 법이다

이것이 법이다 126

2021년 12월 3일 초판 1쇄 인쇄
2021년 12월 8일 초판 1쇄 발행

지은이 자카예프
발행인 김정수 강준규

기획 이기헌 왕소현 박경무 강민구
책임편집 최전경
마케팅지원 배진경 임혜솔 송지유 이영선

발행처 (주)로크미디어
출판등록 2003년 3월 24일
주소 서울시 마포구 성암로 330 DMC첨단산업센터 318호
Tel (02)3273-5135 **편집** 070-7863-8592 **Fax** (02)3273-5134
홈페이지 rokmedia.com **E-mail** rokmedia@empas.com

ⓒ 자카예프, 2015

값 8,000원

ISBN 979-11-354-8929-7 (126권)
ISBN 979-11-255-9575-5 04810 (세트)

이것이 법이다

126

자카예프 장편소설

로크미디어

CONTENTS

돕고 사는 우리 세상

검찰 내부의 분위기는 심상치 않았다.

"개혁을 막을 수 있는 방법은 없나?"

"없습니다. 현실적으로 노형진 변호사 때문에 우리 이미지나 정당성이 너무 훼손된 것이 문제입니다."

좌중에 흐르는 침묵.

상석에 앉은 남자는 긴 한숨을 내쉬었다.

"대통령 쪽도 막을 건 없고?"

"몇 번 자유신민당 쪽을 통해 언질을 줬습니다만, 끝장을 보자는 태도입니다."

"민주수호당은 브레이크도 안 걸고 뭐 하는 거야!"

상석의 남자는 결국 화를 참지 못하고 소리를 버럭 질렀다.

"어쩔 수가 없습니다. 우리가 10년 가까이 오로지 민주수호당만 때려잡지 않았습니까? 전임자들이 정치적 선택을 잘못한 게 너무 심각합니다."

"큭, 빌어먹을."

검찰은 정치적 성향이 강하다.

하지만 그 때문에 도리어 중립을 잘 지켜야 한다.

만일 정권이 바뀌면 보복이 들어오기 때문이다.

물론 그런다고 해서 크게 문제가 되는 것은 아니지만, 그 동안은 적당히 선을 지켜 왔다.

"빌어먹을 홍안수 자식."

하지만 지지난 대통령과 지난 대통령은 철저하게 민주수호당을 파멸시키기 위해 움직였고, 그 때문에 검찰은 수족이 되어서 그들을 때려죽이는 데 총동원되었다.

하지만 지금에 와서는 그게 선을 넘어 버리면서 도리어 검찰이 철저한 개혁 대상이 되어 버렸다.

더군다나 검찰총장이 새파랗게 어린놈으로 바뀌면서 울며 겨자 먹기로 나간 사람들의 수가 어마어마했고, 그 이후에 그들에 대한 고발이 쏟아지면서 검찰 내부는 지독한 혼란에 빠져 있었다.

"현 대통령의 주변을 수사해서 때려잡는 건 어떻습니까? 지금까지는 그게 잘 먹히지 않았습니까?"

"그래, 그래 왔지. 단 한 번만 빼고."

그 단 한 번. 그게 바로 노형진이었다.

주변에서 없는 죄를 만들어서 그를 위협했을 때, 노형진의 선택은 간단했다.

바로 검찰 자체를 죽이려고 덤벼든 것.

"그리고 그게 지금 이 상황을 만들었네. 만일 우리가 박기훈 대통령 주변을 조사하고 범죄를 만들어 때려잡으려고 하면, 박기훈이 누구를 찾아가겠는가?"

"크흠……."

"알겠나? 멍청한 소리 하지 말게."

그렇게 되면 최악의 경우 노형진은 아예 검찰 자체를 없애려고 할 수도 있다.

검찰이 사라진다고 해서 법이 멈추는 것도 아니니 아예 새로운 사람들을 뽑아서 새로운 조직을 만들면…….

"그때는 여기서 얼마나 살아남을 것 같나? 장담하는데, 현직 검사 중에 감옥에 안 가는 놈들의 비율은 10%도 안 될 걸세."

권력을 제대로 나누려고 작심한 박기훈이다.

이 상황에서 저항하는 건 진짜 멍청한 짓이다.

"그래도 검찰총장이라도 바꾸면……."

"만일 오광훈 검사가 검찰총장이 되면? 그 감당은 어떻게 할 건가?"

사람들은 갑자기 소름이 돋았다.

다른 놈들은 그나마 상식이라도 통한다.

하지만 오광훈은?

총장이 되는 순간 모든 검사들을 전수조사 하겠다고 팬티까지 싹 다 털어 버릴 놈이다.

"갑자기 사람이 바뀌어서는……."

본래는 정치적으로 타협할 만하고 어떻게 해서든 정치 검사, 소위 말하는 공안 검사가 되기 위해 알랑방귀를 뀌던 그였으나, 갑자기 변해 버린 후 건드리기 위험한 놈이 되고 말았다.

"현 상황에서는 피해를 최대한 줄이는 수밖에 없네. 일단 최선은 우리가 해체되는 걸 막는 거야."

"해체요?"

"못할 것 같나? 얼마 전에 군정보사 날아가는 거 못 봤나?"

군정보사령부가 쿠데타를 도와준 것이 걸려서 결국 해체당하고 거기에 있던 사람들은 죄다 헌병대에 끌려갔다.

"하지만 그것과 우리는 다릅니다."

"다르긴 뭘 달라! 시기가 얼마나 불안한지 몰라?"

국가 반역 조사는 여전히 계속되고 있다.

국가 반역이라는 것은 코에 걸면 코걸이, 귀에 걸면 귀걸이라는 느낌이 강하다.

"애초에 우리가 홍안수를 위해 움직인 것도 사실이고."

그 과정에서 사건을 조작하고 범인도 만들어 내고 죄를 뒤집어씌웠다.

"이번에는 바닥에 납작 엎드리는 수밖에 없어. 우리가 필요하다는 걸 느끼게 해 줘야 그나마 넘어갈 수 있을 거야."

"하지만 그럴 만한 게……."

다들 우울한 표정이 되었다.

"어느 쪽을 건드리든 우리는 위험합니다."

국민들이 지금 열화와 같이 요구하는 건 적폐의 청산이다. 그러나 그동안 적폐와 손잡았던 검찰이다.

그런 검찰이 거꾸로 칼을 들이밀면, 그들이 그냥 얌전히 죽을까?

"절대 그냥은 죽이지 않을 겁니다."

당연히 온갖 기자회견과 발표, 증거를 들이밀며 같이 죽으려고 할 것이다.

"그러면 다른 방법을 찾아야지."

"다른 방법이라고 하시면?"

"사람들이 누구나 싫어하고 혐오하지만 잘 모르는 걸로 때려야지."

남자가 계획을 이야기하자 모두의 눈빛이 흔들렸다.

"좋은 생각이기는 하지만, 우리 입장에서는 그게 조금 그렇습니다. 그걸 알면서도 우리가 그냥 방치한 것이나 마찬가지인지라……."

"우리, 검찰이야. 아직 안 죽었네. 이럴 때는 머리를 써야지."

"머리를 쓰라고요?"

"그래. 오광훈을 통해 새론에 도움을 청해. 그놈들은 이런 문제를 두고 도망갈 놈들이 아니야. 그쪽을 통해 사건이 들어오면 우리 입장에서는 당연히 면피가 되는 거지. 안 그런가?"

남자는 웃으며 말했다.

"그리고 이 사건으로 일단 손잡는 형태를 만들어 두면 노형진이 필요 이상으로 우리를 건드리지는 않을 거야."

그들은 자신들의 보신을 위해 그동안 신경 쓰지 않았던 사건을 대대적으로 소탕하기로 했다.

그러나 그 소탕 작전이 전혀 엉뚱한 방향으로 흘러가게 될 줄은 누구도 몰랐다.

⚖

"토할 것 같아요."

노형진은 안쓰러운 표정으로 직원들을 바라보았다.

새롭게 구성된 팀은 경찰의 협조 요청에 대응하기 위해 만들어진 팀이었다.

"너무 힘들면 교체 신청하고 상담 신청하세요. 강제할 생각은 없습니다."

"하기는 해야지요. 너무…… 구역질 나지만……."

"왜 로펌에서 일하면 직원들이 미친다고 하는지 알 것 같아."

시체 같은 얼굴로 의자에 널브러져 있는 여직원들.

여직원 한 명이 파리한 얼굴로 사무실로 들어왔다.

"저는 진짜 못 하겠어요. 죄송해요. 원래 팀으로 돌아갈게요."

"괜찮습니다. 부서에 이야기해 두지요. 그리고 아까도 말했지만, 상담비는 모두 새론에서 부담합니다. 그러니 부담 없이 상담 치료받으세요."

"감사해요."

파리한 표정의 여직원은 질려 버렸다는 표정으로 뒤도 돌아보지 않고 밀폐된 공간에서 나갔다.

"아니, 이런 놈들이 이렇게 많을 줄은 몰랐네요."

"그러게 말입니다, 하아."

노형진은 오광훈의 부탁을 받고 시작한 이 일이 다소 무리였나 하는 후회까지 살짝 들었다.

"한국이 아무래도 아동 성범죄자 놈들한테 너무 무른 게 사실이지요."

오광훈이 부탁한 건 다름 아닌 불법 영상을 뿌리는 아동 성범죄자들을 잡는 것이었다.

정확하게는 그들을 조사해서 잡아넣어야 하는데, 그걸 위한 증거를 모으는 게 쉽지 않았다.

애초에 그런 건 고발이 들어가야 수사가 진행되는 경우가 많은데, 일반인들은 그런 걸 찾아볼 생각도 하지 않고 아동 성범죄자 놈들은 그걸 고발할 생각도 하지 않는다.

당연히 사회에 암암리에 퍼져 있던 수많은 아동 불법 동영상들.

그걸 수사하고 삭제시키기 위해 오광훈은 노형진에게 부탁했다.

그리고 그 문제에 대해서는 노형진도 기꺼이 동의했기에, 작심하고 찾아내어 증거를 수집, 검찰에 넘기기로 했다.

수사가 진행된 후에 검찰이 사건을 알려 주는 건 불법이지만, 수사 진행 전에 외부에서 고발하는 건 합법이니까.

아무래도 그런 아동 성범죄의 피해자는 여자아이들이 많기 때문에 그걸 잡아내기 위해 여성 직원들 중에 지원자를 받아서 증거를 추적하고 있었지만, 아무리 그래도 정신적 충격은 어쩔 수 없었기에 상담과 여러 가지 대비책을 세울 수밖에 없었다.

"하지만 이건 너무…… 심하네요."

당연히 일반적인 인터넷에는 그런 영상이 없을 거라 생각했다.

그래서 노형진이 그런 영상의 출처인 다크웹에 대해 잘 아는 이수종에게 상황을 이야기했을 때, 그는 피식 웃으며 말했다.

─다크웹까지 갈 필요 있나요?

이후 그는 몇 가지 검색 방법을 알려 줬는데, 그 방법으로 찾자 다크웹도 아닌 일반 인터넷에서 어마어마한 숫자의 아동 불법 영상이 쏟아져 나왔다.

"고발하기는 하는데 이건 진짜…… 우엑!"

직원들은 증거를 모으면서 계속 고발했고, 검찰에서는 난리가 났다.

지금까지 이런 걸 체계적으로 모아서 고발해 온 사람들이 없었기 때문이다.

당연히 그들에 대한 대대적인 조사가 벌어졌고, 전국적으로 아동 성범죄자들이 줄줄이 잡혀가는 사태가 벌어졌다.

"지금까지 우리가 고발한 게 몇 명이지요?"

"일단 어제 기준으로 천이백 명 정도 되는군요."

노형진의 말에 직원들은 눈을 질끈 감았다.

"미친 새끼들."

그럴 수밖에 없는 게, 이런 고발의 기준은 그걸 올린 놈들이다.

아무리 노형진과 새론이라고 해도 그걸 받아 간 놈들에 대한 정보까지는 캐낼 수가 없고, 그 올린 자들의 닉네임과 사이트 정도만 신고할 수 있다.

즉, 그걸 다운받아 간 아동 성범죄자들은 이쪽에서 잡을 수가 없다는 거다.

그건 명백하게 수사의 영역이고 검찰이 할 일이니까.

"올린 자들만 천이백 명이라니. 도대체 미친놈들이 얼마나 많은 건지."

얼굴을 부여잡으면서 한숨을 쉬는 직원들.

처음에 그리 많지는 않을 거라 생각하고, 애초에 직원들에게 사정을 설명하고 철저하게 자원자만 받아서 시행했다.

그럼에도 노형진이 그들의 정신 건강을 걱정해야 할 정도로 그러한 영상들이 너무나 많았다.

"조금만 힘내죠. 이번에 아주 이 미친놈들의 뿌리를 싹 뽑아 버립시다."

노형진은 변호사로서 일반적으로 의뢰를 받아서 일하지만 다른 건 몰라도 이런 범죄에 대해서는 그냥 넘어갈 생각이 없었다.

오광훈도 처음에는 단순하게 생각하고 새론에 부탁했다가 점점 질려 갔고, 결국 검찰 내부에서도 그들을 조사하기 위해 인원을 풀로 돌리기 시작했다.

대놓고 뉴스에 내보내면 아동 성범죄자들이 삭제하고 도망갈 가능성이 높기 때문에 그들을 잡기 위해서는 아주 은밀하게 움직여야 했다.

"그런데 말이죠, 노 변호사님. 좀 이상한 게 있어요."

"이상한 거라니요?"

그런데 계속 검색을 하던 여직원 한 명이 노형진을 불렀다.

"영상들을 이리저리 맞춰 보다가 알았는데, 비슷한 곳이 계속 나와요."

"뭐라고요?"

"그러니까 뭐랄까, 조금 다르게 꾸미긴 했지만 돌고 돌아 결국 비슷한 느낌이랄까? 하여간 그런 느낌의 공간이 자꾸 나오는 것 같아요."

"비슷한 느낌의 공간?"

"네."

고개를 끄덕거리던 그녀는 미리 확인해 둔 화면을 보여 줬다.

보통은 그렇게 화면을 일일이 보지는 않는다.

일단 정상적인 마인드를 가진 사람이라면 구역질이 나서 확인하기도 힘들 테니까.

"저도 처음에는 그랬는데, 어느 순간 이 등이 눈에 들어오더라고요."

화면의 구석에 잡혀 있는 작은 등.

스탠드라고 불리는 직립식의 등이다.

어디서나 흔하게 볼 수 있는 물건.

"그거, 어디서나 볼 수 있는 거 아냐? 그다지 비싼 물건도 아닌 것 같은데."

다른 직원이 눈을 찌푸리며 말했다. 그 자신도 몇 번 본 물건이니까.

"그게 랜덤하게 촬영된 영상마다 나오면 이상한 거 아니야?"

"뭐가?"

"뭐냐니. 당연하잖아. 누가 그 공간을 꾸며 가면서 촬영했다는 건데…….”

　거기까지만 말하고 멈추는 직원.

　그리고 노형진은 그 직원의 뒷말을 알 것 같았다.

　“누군가 전문 촬영자가 있다는 소리군요.”

　다른 영상에도 동일하게 나오는 물건들.

　무슨 돌려쓰는 드라마 세트장도 아닌데 영상마다 똑같은 게 나오면 이상한 거다.

　그리고 등장하는 아이들은 다 다르다면…….

　“이거…… 좀 심각한 문제 아닙니까?”

　직원은 진지한 표정으로 말했다.

　“심각하지요. 아주 심각해요.”

　노형진의 눈이 저절로 찡그러졌다.

　생각지도 못한 심각한 문제가 터져 버렸다.

⚖

　“뭐? 전문 업자?”

　“그래. 아무래도 그런 느낌이 들어서 등골이 오싹해.”

　“세상에 그런 미친놈이…… 많기는 하구나.”

　자신의 머리를 마구 긁어 대는 오광훈.

　“아, 씨발. 상부에서는 왜 자꾸 똥칠을 하나? 나 인생 좀 편하게 살면 안 되는 거야?”

"검찰총장 한다며?"

"씨발, 안 해."

툴툴거리는 오광훈.

그럴 만했다.

중재를 해 달라는 의미로 위에서 맡긴 사건인 건 맞다.

그 과정에서 오광훈이 한 일은 부탁 정도였고, 노형진도 검찰과 끝까지 싸울 생각은 없었기에 받아들인 것이다.

검찰은 엄밀하게 말하면 파트너이자 개혁 대상이지 적은 아니니까.

"날 이용해 먹는 건 좋은데 말이지."

그게 나쁜 건 아니다.

누구나 다른 사람을 이용한다.

그건 노형진도 마찬가지다.

"이왕 이용하려면 좀 제대로 하라고 해. 이따위로 흐리멍덩하게, 제대로 알지도 못하는 사건 대충 던져 주지 말고. 이게 뭐야? 그렇잖아도 직원들의 멘탈이 나가는 미친 영상인데 이제는 업자까지 튀어나오고."

"아, 미안, 미안. 업자는 진짜 우리도 생각 못 했다. 그런데 생각보다 화가 난 것 같지는 않다, 너?"

노형진은 어깨를 으쓱했다.

"뭐, 검찰이잖아. 이 정도는 주고받으면서 같이 살아가는 게 맞아. 제대로만 일을 하면 날 이용한다고 뭐라고 하겠냐?

더럽게 일을 못하니까 내가 지랄하는 거지."

"난 네가 당장이라도 검찰에 가서 해체하라고 난리를 피울 줄 알았는데."

오광훈의 말에 노형진은 키득거리며 웃었다.

확실히 그런 생각도 해 보지 않은 건 아니다.

하지만 결국 포기했다.

왜냐? 다른 조직을 만들어 봐야 결국 제대로 된 시스템이 갖춰져 있지 않다면 그건 또 다른 부패 집단에 권력을 넘기는 것일 뿐이니까.

"검찰이 뭐 하루 이틀 만에 갑자기 깨끗해지겠니? 다만 이런 식으로 조금씩 깨끗해지다 보면 언젠가는 괜찮아지겠지. 결국 바뀌어야 하는 건 조직의 이름이 아니라 시스템이야."

그러한 복잡한 사태의 가장 확실한 증거가 바로 프랑스대혁명이다.

그 당시 프랑스는 혁명을 통해 왕정을 뒤집었지만 그 후에도 개혁이 이루어진 게 아니라 소위 부르주아라 불리는 돈을 가진 시민계급에게 권력이 넘어갔고, 그로 인해 다시 보나파르트 나폴레옹이 권력을 잡고 프랑스 제1제국이 생기는 원인이 된다.

"새로운 조직을 만들면 100% 그 안에서 권력 싸움이 일어나. 그럴 거라면 차라리 지금 완전히 힘이 빠진 놈들을 허수아비로 세우고 시스템을 고치는 게 나아."

오광훈은 노형진의 말에 고개를 절레절레 흔들었다.

아주, 머리가 지끈거리는 눈치였다.

"알았어. 난 복잡한 건 모르겠다. 네가 알아서 하겠지. 그나저나 네가 한 말이 사실이라면 이건 제법 심각한 문제 아니야? 검찰이 아동 음란물 제작 업체를 그냥 뒀다는 소리잖아?"

노형진은 고개를 흔들었다.

"아니, 그건 아닐 거야."

아동 음란물의 유통에 대해서는 알았겠지만, 아무리 검찰이 무능하고 부패했다고 해도 그런 음란물 제작 업체를 알면서도 가만두지는 않았을 것이다.

"검찰이 범죄를 알면서도 가만두는 경우는 그게 자신들에게 이득이 될 때뿐이야."

"그러면 이건 이득이 안 되나?"

"될 리가 있냐?"

아동 성범죄자는 성범죄자들 중에서도 악질 중의 악질이다.

그런 악질들이 검찰에게 이권을 줄 리도 없고, 줄 것도 없다.

물론 사법 시스템 내부에 숨어 있는 아동 성범죄자 놈들에게 보상하는 건 또 다른 문제겠지만.

"한국에는 그런 미친놈이 없는 줄 알았는데."

"없는 게 아니라 정부에서 안 잡는다고 봐야지. 야, 전에 내가 말해 줬잖아, 대단위 납치랑 인신매매까지 했던 나라라고. 그런데 없겠니?”

"쩝……."

제일 유명한 사건이 바로 떡볶이 사건.

가출한 정신이상자 소녀를 강간한 떡볶이 사건이다.

그 당시에 재판부는 강간 직전 떡볶이를 사 줬기 때문에 그건 강간이 아니라 성매매라고 판결했다.

고작 열세 살짜리의 지적장애 소녀가 그런 걸 판단할 수는 없다는 의학적인 진실은 판사에게 중요한 게 아니었다.

오로지 사건을 은폐하라는 '오더'를 받았기에, 어떤 핑계를 대서라도 사건을 덮어야 했다.

실제로 그 사건에서 강간했던 남성들의 신분은 드러나지 않았다.

"하긴 술집에 오면 가장 먼저 어린애들부터 찾는 새끼들이 넘쳐 나니까."

아동 성범죄에 걸리면 인생을 조지는 곳이 바로 미국이다.

그런 미국에서조차도 어마어마하게 걸리는 게 바로 아동 성범죄자다.

그런데 한국에 그런 놈들이 없다? 그건 말도 안 된다.

"물론 직접적으로 성매매 하는 놈들은 많이 줄었지만."

노형진의 수차례의 시도로 인해 그런 건 줄어들기는 했다. 하지만 그렇다고 해서 그들이 완전히 사라진 것은 아니다.

"일단 이 영상에 집중하자고."

"그래, 그러자. 그나저나 이거 어디인지 알 수가 있나?"

오광훈의 물음에 노형진은 안타까운 표정을 지었다.

"애석하게도 위치 정보는 철저하게 가려져 있어. 그리고 우리 쪽에서 분석한 바에 따르면 이런 영상이 한두 개가 아니야."

"진짜로 전문 제작 업자라는 거구나."

"그래. 이수종의 말로는 이런 건 보통 다크웹에서 유통되는데, 그걸 받은 놈들이 돈 때문에 외부에 팔면서 드러난다고 하더라고."

노형진의 설명을 들은 오광훈은 눈살을 찌푸렸다.

"그러면 이걸 우리가 분석해서 추적해야 하나?"

"그건 좀 조심스럽다."

이러한 범죄는 사회적으로 워낙 지탄을 받게 되니, 조금이라도 소문이 돌면 바로 잠수를 탈 것이다.

"일단 분석은 우리가 할게. 그리고 그걸로 추적해 보자고."

이번 사건의 핵심은 바로 은밀성이었다.

검찰에서 분석한다면 100% 국과수를 통해서 할 텐데, 국과수를 통해서 하면 새어 나갈 수도 있기에 분석은 새론에서 하기로 했다.

"누구도 모르게 조용히 추적해야지."

그리고 그걸 해 줄 사람들은 많았다.

"이만큼은 다 가짜예요."

이수종은 컴퓨터 화면에 띄워 놓은 어마어마한 숫자의 파일들을 보여 주며 말했다.

"가짜? 아동 음란물이잖아. 그것도 가짜가 있어?"

오광훈은 이해가 되지 않는다는 표정으로 물었다.

분석이 끝났다고 해서 왔는데 파일의 대부분이 가짜라고 말하다니.

"가짜라고?"

심지어 노형진조차도 이해가 가지 않는다는 표정이었다.

지난 몇 주간 검색을 통해 잡은 사건의 족히 60%가 가짜라고?

"그러면 이걸 수사해 봐야 의미 없다는 거야?"

오광훈의 얼굴에 실망한 기색이 어렸다.

노형진은 그를 다독이며 이수종을 쳐다보았다.

"아니, 그건 아니고. 일단 설명해 봐."

"일단 여기에 있는 아동 음란물들은 사실 성인물이에요."

"성인들이라고? 약간 어려 보이는 정도가 아니던데?"

노형진이 고개를 갸웃하자 이수종이 피식 웃었다.

"어려 보이지요. 그렇게 '조작한' 영상이니까."

"조작?"

"네. 현실적으로 아동 포르노 같은 경우는 처벌이 어마어마하게 강하잖아요. 구할 수가 없죠. 미국 같은 경우는 가지고만 있어도 10년 형인데."

그렇다고 해서 수요가 사라지는 건 아니다. 페도필리아는 치료조차 불가능하다는 심각한 정신병이니까.

"그래서 일종의 가상의 어린애를 만들어 내는 거죠."

"가상?"

"성인 중에서 어려 보이는 포르노 배우를 이용해서 일단 촬영하고, 그걸 조작해서 애처럼 보이게 만드는 거예요. 이 경우에 미국에서 잡는다고 해도 애매하거든요. CG로 처리하기는 했지만 어찌 되었건 그들이 촬영한 게 아동 음란물은 아니잖아요. 그러니 아동 음란물 제작 혐의를 피하는 거죠."

오광훈은 그 말을 듣고 질린 표정이 되어 버렸다.

"아니, 그게 가능한 거니?"

"영화관에서 CG로 떡칠한 영화를 보면서 이상하다는 생각 하신 적 있어요?"

별로 없다. 그만큼 CG가 발달했기 때문이다.

"그 정도는 이제 어려운 시대가 아니라고요. 멀리 갈 필요도 없이 〈해리 볼룸〉 시리즈를 생각해 보세요. 그 사람들 나이가 몇인데 아직도 그걸 찍어요? 다 CG로 조작하는 거지."

"그러면 이건?"

"다 조작된 거예요."

"돈 버는 방법도 가지가지다, 진짜. 그러면 풀어 줘야 하는 거야?"

노형진은 고개를 흔들었다.

"아니, 그건 아니야."

"뭐?"

"법적으로 이러한 영상은 이게 아동 영상이라고 인식하는 순간부터 범죄가 인정되는 거야. 물론 이제 우리는 이게 가짜라는 걸 알았지만, 그들은 이걸 구입하고 판매하고 하던 시점에서 진짜라고 알고 있었지. 그런 만큼 그들의 아동 음란물 판매 행위가 사라지는 것은 아니야."

그러니 그들을 체포해서 처벌하는 것은 그다지 어려운 일이 아니었다.

"그리고 이건……."

나머지 중에서 또 절반을 스윽, 다른 파일함으로 넣는 이수종.

"우리가 어떻게 할 수 없는 것들이에요. 정확하게는 해외에서 제작된 걸로 의심되는 것들이죠."

아무리 노형진이 노력한다고 해도 해외에서 할 수 있는 일은 한계가 있다.

"필리핀, 인도, 태국 등등 아직 가난한 나라에서는 이런 일이 여전히 문제가 되고 있으니까요. 그리고 남은 게 이 정도인데……."

그렇게 남은 것 중에서 또 상당 부분을 다른 파일함으로 옮기는 이수종.

　"이건 개별 사건들입니다."

　즉, 집단이 아니라 개인들이 찍어서 올린 동영상이라는 뜻이다.

　"그러면 여기부터 사건을 조사해야 하는 거야?"

　"그건 아니에요."

　"응?"

　이수종은 고개를 흔들며 말했다.

　"사건을 해결하려면 해외 제작 영상부터 조사해야 할 겁니다."

　"해외 제작 영상부터?"

　"네."

　"아니, 왜?"

　의아해하는 오광훈에게 노형진이 추가로 설명해 줬다.

　"피해자가 해외에 있다는 거지, 가해자도 해외에 있다는 건 아니거든."

　"무슨 소리야, 그게?"

　"아동 음란물 촬영자 중에 한국인들이 제법 많아."

　"뭐?"

　얼굴이 딱딱하게 굳는 오광훈.

　그리고 이내 노형진이 한 말이 뭔지 알아차렸다.

　"미친 새끼들."

기생 관광이라는 말이 있다.

한국으로 성매매를 하기 위해 오는 일본인들이 많았던 시절에 만들어진 말이다.

"그리고 한국에서 동남아나 가난한 나라로 가는 놈들이 많아졌지. 그걸 요즘은 황제 관광이라고 한다지?"

그런데 그곳에서 미성년자들을 보고 눈이 돌아가는 놈들이 있다.

"그런 곳에 있는 애들은 거의 인생을 포기한 부류가 대부분이니까."

정확하게는 포기당한 애들이 대부분이다.

부모들에게 내몰려서 성매매를 하고, 그 부모들은 가해자가 돈만 주면 촬영을 해도 모른 척한다.

"그러네. 지금까지 한국에서 아동 성매매로 처벌받은 건 한국에서 벌어진 일뿐이네."

한국은 죄에 대해서도 속인주의를 표방한다.

그 말이 뭐냐면, 해외에서 범죄를 저질러도 한국인이면 한국에서 처벌한다는 거다.

"하지만 이런 범죄에 대해 검찰이 처벌한 기록은 없어요."

물론 한국 내에서 벌어진 사건에 대해서는 처벌하지만, 해외에서 벌어진 사건에 대해서는 지금까지 처벌하지 않아 왔다.

"성매매도 불법이기는 하지만 그건 한국에서도 벌어지는 일이고."

자본주의의 그림자라고 해야 할까?

인류 최초의 직업은 매춘이라는 말처럼, 아무리 법으로 처벌하려 해도 매춘은 근절할 수가 없다.

심지어 극단적으로 보수적일 것 같은 이슬람에도 성매매는 존재한다.

"하지만 이건 성매매와는 전혀 다른 문제지."

아동 성매매는 심각한 문제고, 그걸 또 촬영해서 팔아먹는건 더 심각한 문제다.

"이 건에 대해서는 우리도 같이 움직여야겠네."

노형진은 착잡한 표정이 되었다.

하나 건드려서 파기 시작하니 관련 문제가 너무 많이 나온다.

"그래서 마지막 남은 게 이건데요."

대략 10%도 안 되는 양의 영상.

"이건 한국 내에서 자체 제작된 영상들이에요. 안에서 나오는 한국어 대사나 표기 같은 걸로 확인한 거예요. 그 직원분이 말씀하신 상품에 대해서도 확인해 봤는데 한국 상품이 맞고, 수출된 건 없어요."

"10%라……. 작은 규모의 조직은 아니네."

아무리 아동 음란물 시장이 불법이고 근절 대상이라지만, 그 안에서 10%라면 절대 적은 게 아니다.

그마저도 대부분의 영상이 조작이나 개인 영상이라는 점을 감안하면…….

"전문 제작 업자들 기준으로는 거의 유일할 수도 있고요. 한국 내에 그런 조직이 많으리라고 볼 수는 없으니까."

"아니, 그런 조직이 있는데 신고가 안 들어온다고? 이해가 안 가는데. 그 피해 아동들은 어떻게 되는 거야?"

오광훈은 바로 그 부분이 이해가 안 갔다.

"그 피해 아동들은 다 죽은 거냐?"

"아닐걸."

노형진은 고개를 흔들었다.

"그랬다면 차라리 이미 드러났을 거야. 하지만 드러나지 않았다는 건, 죽지는 않았다는 거지."

"그게 말이나 돼?"

"전에 본 놈 기억 안 나? 자기 딸에게 성매매를 시키던 미친놈도 있었어."

오광훈은 그 순간 오래된 사건 하나가 떠올랐다.

자신의 딸에게 성매매를 시키던 남자.

그는 다크웹을 통해 성 매수자를 모아서 돈을 받고 자신의 딸에게 성매매를 하도록 했다.

"기본적으로 이런 건 신고에 의해 처벌이 이루어지지. 문제는 그 신고의 주체가 피해자라는 거야."

영상을 본 놈들은 자기 자신이 아동 성범죄자라 신고를 못 한다.

그러면 그 피해자가 신고해야 하는데……

"자신의 딸을 넘긴 미친놈이거나 자발적으로 승낙한 애들이라면, 신고를 못 하지. 그렇다고 이걸 본 놈들이 신고하겠냐? 더군다나 한국은 해외와 다르게 이런 건에 대해서는 감각이 무딘 편이거든. 귀찮은 일에 연관되기 싫어한다고 해야하나?"

실제로 해외에서는 훔친 노트북에 아동 음란물이 있다는 걸 알게 된 도둑들이 그걸 경찰서에 들고 가서 자수하는 일도 있었다.

자기들도 도둑이긴 하지만, 아동 성범죄자 놈들은 용서 못 하겠다고 신고한 것이다.

"자발적인 촬영이라……. 야, 이 씨발……. 그런데 부정을 못 하겠네, 염병."

아이들이라고 무조건 착하고 바른 존재는 아니다.

상황에 따라 다르기는 하지만 진짜 막장으로 치닫는 아이들도 존재하고, 그런 아이들은 주변에서 훈계하거나 계도하려고 해도 절대 바뀌지 않는다.

"그런 애들은 자발적으로 이런 영상을 찍는 데 참여하지."

이유는 간단하다. 돈이 되니까.

가출해서 살다가 돈 떨어지면 성매매를 하고, 그러다가 아동 성범죄자 놈이 접근해서 돈을 준다고 하면 거기에 혹하는 것이다.

"중학생쯤 되는 애들한테 접근해서 300만 원씩 준다고 하면 혹하지 않을 것 같아?"

정상적인 아이들이라면 당연히 경찰부터 부를 것이다.

하지만 그렇지 않은 아이들이라면?

"애초에 같은 또래의 여자애들을 폭행해서 성매매를 시키는 소년범들도 있어. 돈만 있다면 미성년자를 촬영하는 것이 불가능한 일은 아니야."

세상은 모두 착하거나 모두 나쁘거나 한 곳이 아니다.

이들은 피해자이기도 하지만 동시에 공범이기도 하다.

"더군다나 아이들의 경우는 성장하니까."

자라고 나면 알아보기 힘들 거라고 생각하는 것도 있고 말이다.

"하긴, 안될 놈은 안되더라."

오광훈도 알고 있었다.

아무리 노력해도 안될 놈은 안된다.

오광훈이 조폭이던 시절에도, 진짜 바닥에 떨어진 놈들은 어떤 기회가 와도 그 바닥에서 벗어나지 못했다.

물론 그게 모든 아이들에게 다 기회를 줘서는 안 된다는 말은 아니다.

하지만 안될 아이들에게 기회를 주느라고 성장할 수 있는 아이들의 기회를 박탈하는 것은 문제가 있다는 거다.

대표적인 예가 바로 학교 폭력이다.

아이라는 이유로 학교 폭력의 가해자들에게 기회를 주려

고 하지만, 그 과정에서 피해자들은 기회를 박탈당한다.

가해자는 용서받고 보복하기를 반복하는데, 정작 피해자는 공부도 못 하고 친구들 사이에서도 고립되면서 정신적 트라우마까지 얻게 된다.

"노 변호사님 말씀이 맞아요. 영상을 분석해 보니까 강제성은 없었어요. 대화 패턴이 많은 건 아닌데, 그 안에서 돈이나 추가 요금 같은 단어가 나오는 걸로 봐서는 돈을 받고 촬영에 응한 것 같아요."

"흠……."

"그리고 목소리 패턴도 문제인데."

"목소리 패턴?"

"아까 말한 해외 영상 중에서도 동일한 목소리가 나왔어요. 이건 음성을 추출해서 분석한 거니까 확실해요."

노형진은 알 것 같다는 표정으로 고개를 끄덕거렸다.

"한국에서 촬영하는 놈이 그걸 해외에서 하지 않을 리가 없지."

해외에서는 한국보다 더 싼 가격에 촬영할 수 있다.

그러니 그런 나라에서 그런 미친놈들이 촬영을 하지 않을 리가 없다.

"이게 돈이 많이 되는 거야?"

"많이 되죠. 이런 거 하나 촬영한다고 치면…… 편당 못해도 3억은 벌걸요."

"3억?"

오광훈은 이수종의 말에 질렸다는 표정이 되었다.

"처음에는 한정 판매일 테니까요."

그렇게 한정 판매로 비싼 돈을 주고 판매하다가, 그걸 구입한 놈이 인터넷에 풀어 버리면서 시중에 유통되는 것이다.

"그러면 우리는 일단 두 가지 방향으로 움직여야겠군."

하나는 해외에서 성매매를 하거나 촬영하는 놈들이고, 다른 하나는 이런 영상을 전문적으로 제작하는 놈들.

"일단 전자부터 시작하자. 후자는 그 장소를 특정하기 위해선 좀 더 시간이 걸릴 테니까."

"그럴 거예요. 아, 한 가지 더 알려 드릴게요."

"응?"

"이걸 촬영하는 놈들 중에서 컴퓨터나 촬영에 대해 잘 아는 놈이 분명 있어요."

이수종의 말은 의외였기 때문에 노형진은 확실하게 물어봤다.

"어떻게 안 거야? 다크웹에서 판매하니까?"

"그것도 있지만 이놈들, 촬영할 때 촬영 정보를 모조리 수정하더라고요."

현대의 디지털카메라는 영상 자체에 촬영 당시의 정보가 기록된다.

촬영 시기나 촬영 장소의 좌표 또는 촬영한 기계의 정보

말이다.

"그런데 없어요."

그건 설정으로 막을 수 없는 부분이다.

그걸 조작하기 위해서는 영상 자체에 손을 대어야 한다.

"둘 중 하나죠. 필름 영상을 디지털로 변환한 거 아니면 기계에 손을 쓴 거죠. 기계를 해킹해서 막은 거예요."

그리고 디지털카메라를 해킹할 수 있는 사람은 결국 컴퓨터에 대해 잘 아는 사람뿐이다.

"아쉽네."

만일 촬영 일자가 있다면 그때 맞춰서 해외로 나간 사람들을 추적할 수 있겠지만 애석하게도 막혀 버렸다.

"일단은 해외에서 아동 성매매 하는 곳을 털어 내자. 그에 대해 불만을 가지는 사람은 없을 테니까."

"기분이 이상하지 않냐?"

"왜?"

"아니, 검찰을 위해 사건을 조사하는 거잖아."

그러자 노형진이 피식 웃었다.

"그럴 수도 있지. 그러면 간단하게 생각하면 되는 거야, 검찰에서 날 고용했다고. 뭘 그렇게 복잡하게 생각하냐?"

"틀린 말은 아닌데……."

"그런 게 변호사다. 걱정하지 마, 하하하!"

떨떠름한 표정이 되는 오광훈을 노형진은 크게 웃으며 다

독였다.

"언제나 의뢰인이 우선이지. 설사 그게 검찰이라고 해도 말이야."

그리고 그들을 위해 노형진은 적당한 사건을 물어다 줄 생각이었다.

발정 난 놈들

　오광훈의 보고에 검찰에서는 바로 승인을 내려 줬다.

　국제적 아동 성매매 근절이라는 이슈 자체가 검찰의 이미지를 많이 바꿔 줄 거라 생각했기 때문이다.

　그리고 그런 그들의 행동에 노형진은 한숨을 쉬었다.

　"전혀 모르고 있었나 보네."

　"정말 모르고 있었겠냐? 몰랐던 척하는 거지. 황제 관광으로 처벌받은 사건이 어디 한두 건이어야 말이지."

　그래 놓고 오광훈이 보고하자 좋은 생각이라면서 출장 처리까지 해 준다.

　"좋게 생각해. 전에도 말했다시피 이렇게 바꿔 나가다 보면 세상이 좋아지겠지."

"그래, 그렇게 생각하자. 그런데 왜 태국이야?"

"응?"

"다른 나라도 있잖아. 그런데 왜 태국을 첫 번째 목표로 삼은 거야?"

노형진은 당연하다는 듯 말했다.

"동남아는 기본적으로 가난한 나라가 많아. 싱가포르 정도는 한국과 비등하지만, 태국이나 베트남 같은 경우는 무척 차이가 심하지."

"그런데 왜 태국이냐고."

"그중에서 가장 세속적인 나라가 바로 태국이거든."

태국은 다른 동남아 나라에 비해 무척이나 세속적이다.

좋게 말해서 세속적이고, 극단적으로 돈을 벌기 위해 뭔 짓이든 다 하는 분위기가 팽배해 있다.

"그래서 세계에서 셋업 범죄가 가장 많은 나라가 태국이야."

셋업 범죄, 즉 없는 죄를 만들어서 뒤집어씌우는 경찰이나 국가조직이 일으키는 범죄.

"경찰이 그 지경인데 다른 건 어떻겠냐?"

태국도 엄밀하게 말하면 성매매가 불법이다.

하지만 한국에서 황제 관광이라고 하면 일단 성매매가 기본으로 들어가며, 가장 유명한 나라가 태국이다.

"한국인 전용 클럽이 있을 정도이니 뭐, 말 다 했지."

물론 그 한국인 전용 클럽은 좋게 말해서 클럽이지, 대놓고 말하면 성매매를 하기 위해 온 남성과 현지인 여성을 만나게 해 주는 장소에 가깝다.

대놓고 소개해 주면 법에 걸리니까 클럽에 들어가서 놀면서 꼬신 거라고, 눈 가리고 아웅 하기 위한 공간.

"그렇게 극단적인 자본주의국가인 데다가 빈부 격차도 심하다 보니까 어쩔 수 없는 거지. 성매매가 좋지 않은 거라는 건 알지만 사실 뭘 해도 그 돈을 못 버니까. 남자만 잘 만나면 일주일 내내 같이 놀러 다니면서 한 달 치 월급을 쉽게 벌 수 있는데 그걸 포기하고 공장 같은 데 다니는 게 쉽겠어?"

그렇다 보니 아무래도 그런 문제가 많이 생기는 거다.

"그런가? 와 봤어야 말이지."

머리를 긁적거리면서 공항을 나가는 두 사람.

공항 입구에서는 시커멓게 탄 남자 한 명이 스케치북을 들고 있었다.

"저기 있네."

노형진은 자신의 이름을 발견하고 손을 번쩍 들었고, 그 남자도 스케치북을 흔들며 그들을 환영했다.

"안녕하세요, 조 변호사님. 오랜만입니다. 얼굴이 왜 이렇게 타셨습니까?"

"좋은 데서 편하게 놀고먹으니까요, 노 변호사님. 하하하."

"이쪽은 조식호 변호사님. 원래 새론 본사에 계시다가 태국 지부에 파견된 분이셔. 조 변호사님, 이쪽은 오광훈 검사입니다."

"오광훈입니다."

노형진의 말에 오광훈은 인사를 건넸다.

조식호는 원래 한국의 변호사다. 당연하게도 그는 태국의 변호사 자격증이 없다.

그러나 새론에서는 태국에 만든 지점을 관리할 사람이 필요했고, 그렇잖아도 많이 지쳐 있던 그는 태국에 가서 좀 쉬고 싶다며 지원해서 6개월 전에 태국 지점 관리를 위해 이곳에 발령받았다.

일이 없는 건 아니지만 한국보다는 훨씬 적은 것도 사실이다.

일단 본인이 태국 변호사가 아니기 때문에 어드바이스는 해 줄 수 있을지언정 그 이후에 사건은 진행하지 않으니까.

"조식호라고 합니다."

서로 인사하고 조식호가 가지고 온 차량에 탑승한 두 사람.

"아동 성매매라……. 그렇잖아도 요즘 말이 많았는데 한국에서도 이슈가 되었나 보네요."

"무슨 일이 있었나요?"

"아, 모르셨습니까?"

"네, 전혀 몰랐습니다. 우연이네요."

"음…… 우연일 수도 있겠네요. 일본 단체 관광객들이 성매매로 잡혔는데 아동 성매매 혐의가 있거든요."

"일본?"

오광훈은 고개를 갸웃했다. 여기서 일본이 나올 줄은 몰랐으니까.

"일본뿐이 아니죠. 한국, 중국, 심지어 미국이나 유럽까지, 발정 난 새끼들은 죄다 몰려옵니다. 태국 정부도 관광 수입 때문에 대부분은 좀 모른 척하는 편이기는 하지만 이번에는 선을 넘었죠."

스무 명의 일본인 관광객들이 왔는데 그들이 선을 넘은 것.

"태국 정부가 아무래도 친일본적이지 않습니까?"

"그렇지요."

"그걸 믿고 그런 건지, 일을 너무 크게 키웠어요."

미성년자 콜걸을 두고 세 명의 일본 남자가 서로 칼을 휘두른 것이다.

처음에는 단순 폭행으로 덮으려고 했으나 그 와중에 그 미성년자 콜걸이 칼에 베이는 상해를 입었고, 그걸 또 마침 취재차 와 있던 기자에게 딱 걸려 버렸다.

"그 바람에 좀 시끄러웠습니다."

"아이고."

오광훈은 머리가 아프다는 듯 고개를 흔들었다.

"과거의 한국이랑 똑같은 거지."

한국도 미성년자를 사기 위해 전 세계에서 오던 시절이 있었으니까.

정부에서 쉬쉬하면서 모른 척한다고 해서 아픈 역사가 사라지는 것은 아니다.

"그러면 한국 쪽은 그런 문제가 없나요?"

오광훈은 조용히 듣다가 고개를 갸웃하며 물었다.

"없을 리가요. 새론의 태국 지점에 제일 많이 들어오는 사건이 뭔지 아십니까?"

"뭔데요?"

"셋업 범죄 그리고 성매매와 소매치기 같은 절도 사건입니다."

"허미."

셋업 범죄나 소매치기 같은 건 한국인이 피해자라고 쳐도, 성매매는 명백하게 가해다.

"알려지지 않아서 그렇지, 그중에는 미성년자 성매매 문제도 많고요."

오광훈은 똥 씹은 표정이 되었다.

태국 정부에서 그다지 잡아들이지 않는데도 그 정도면, 걸리지 않고 하는 놈들은 어마어마하게 많다는 소리다.

"그런 표정 하지 마세요. 한국 정부만의 문제는 아니니까. 아까도 말했지만 그런 미친놈들이 전 세계에서 모여듭니다. 아이들에게 쉽게 접근할 수 있는 나라가 많지 않으니까 자꾸 몰려오는 거죠."

조식호는 오광훈이 무슨 생각을 하는지 아는 듯 룸 미러를 바라보면서 말했다.

"어찌 되었건 우리는 이 지역에서 벌어지는 아동 성매매와 아동 포르노를 해결하기 위해 온 거니까요."

"알고 있습니다. 아동 문제는 다른 성매매랑 다르니까요. 중요한 건 그걸 추적하는 건데, 솔직히 그게 문제입니다."

아무리 태국이 알게 모르게 성매매를 눈감아 주고 있다고 해도 아동 성매매는 절대 그대로 넘어갈 수 없는 문제다.

"그래서 그 라인을 추적하는 게 쉽지 않을 겁니다."

"일반적인 라인으로는 안 되나 보군요?"

"미성년자들은 그런 클럽이나 술집에 들어가지도 못해요. 외부에서 따로 만나야 합니다."

"혹시 그런 라인 아시나요?"

"그게 문제예요. 알 리가 없죠."

그런 걸 아는 것은 극히 일부 관광 가이드 정도뿐이다.

그리고 관광 가이드들은 일이 터지면 가장 먼저 도망간다.

"절대 입을 안 열어요. 그놈들도 인생 조지기는 싫을 테니까."

태국 감옥의 실태는 열악한 것을 넘어서 끔찍 그 자체다.

그렇다 보니 가이드들은 절대 아동 성매매에 관해서는 입을 열지 않는다.

"그러면 잡혀 오는 놈들은 어떻게 되는 겁니까?"

"잡혀 오는? 아, 한국에서 온 구매자들요? 뭐, 대부분은 태국 감옥으로 갑니다. 저희가 변호사로서 변론해 준다고 해도 그걸 피할 수는 없으니까요."

조식호는 당연하다는 듯 말했다.

"그러면 그들을 통해 정보를 얻는 건 가능할까요?"

노형진은 조심스럽게 물었다.

그러나 조식호는 고개를 흔들었다.

"아니요. 소용없을 겁니다."

그놈들도 알고 오는 게 아니라 안내해 주는 사람을 따라 움직이기 때문이다.

"안내해 주는 가이드…… 아니, 이 경우는 브로커라는 말이 맞겠네요. 브로커들이 아니면 접근하는 게 쉽지 않습니다. 일단 여러분은 단순히 18세 이하를 찾는 게 아니지 않습니까?"

"흠……."

"다만 나이에 따라서는 좀 달라질 수도 있는데, 노 변호사님은 페도필리아만 찾으시려는 건 아니죠?"

"일단은 아닙니다. 의학적인 부분이 아니라 사회적인 부분으로 처벌이 들어가야 하니까요. 가능하다면 헤베필리아와 에페보필리아도 괜찮습니다. 그런 것도 제법 많더군요."

"엉? 그건 뭐야? 페도필리아랑은 다른 거야?"

오광훈은 낯선 단어에 움찔했다.

그가 아는 건 페도필리아뿐이었으니까.

"아, 설명을 안 해 줬구나. 하긴 보통 한국에서는 아동 성범죄자로 묶어서 이야기하니까. 이건 의학적 분류에 따른 거야."

페도필리아는 의학적으로 13세 이하의 아동에게 성적인

관심을 품는 놈을 뜻한다.

그리고 헤베필리아는 사춘기를 대상으로 하고, 에페보필리아는 그보다 좀 더 성숙한 사람을 대상으로 한다.

"음…… 한국 사회 기준으로는 초등학생, 중학생, 고등학생쯤으로 분류된다고 할까?"

"미친놈들을 참 정성스럽게도 분류한다."

"그래야 처벌을 하든 치료를 하든 하지. 아, 참고로 말하면 페도필리아를 제외한 나머지 두 가지는 치료 대상이 아니다."

"뭐?"

"의학적으로 나머지 두 가지는 치료 대상이 아니라는 거지. 사회적으로 처벌 대상은 맞지만."

"내가 더러운 걸 참 많이 봤다고 생각했는데 한참 멀었네."

한숨을 쉬는 오광훈을 보면서 피식 웃는 노형진.

그때 운전하던 조식호가 갑자기 뭔가 생각난 듯 말했다.

"어쩌면 도움이 될 만한 사람이 있기는 하네요."

"도움이 될 만한 사람?"

"네. 지금 감옥에 있을 겁니다. 저도 와서 다른 변호사랑 이야기하다가 알게 된 놈입니다. 직접적으로 아는 건 아니구요. 하여간 그놈이 이쪽 계통에서는 유명하다고 하더군요."

"그래요? 그놈이 누군데요?"

"송 팟이라고 합니다만……."

말을 하던 조식호의 목소리가 떨떠름하게 바뀌었다.

"태국에서 발생한 강간 사건의 범인입니다."

"강간과 이번 사건은 좀 거리가 있어 보이는데요."

"인펀트필리아입니다."

"미친 새끼."

노형진은 저절로 욕이 나왔다.

"인펀트? 그건 또 뭔데? 코끼리 성애자여?"

"그건 엘리펀트고. 농담도 좀 가려서 해라."

애써 오광훈의 무식을 가려 주면서 긴 한숨을 쉬는 노형진.

"인펀트필리아. 5세 이하 아동에 대한 성도착증."

"미친 새끼! 아, 그런 놈하고는 엮이고 싶지 않은데."

"그런데 이야기를 들어 보니 그놈이 가장 잘 안다고 하더군요."

"그럴 겁니다."

아동 성범죄자는 전 세계 어딜 가나 인간 이하의 취급을 받지만 그중에서도 인펀트필리아는 진짜 사람으로 인정되지 않는다.

하지만 그런 놈들이 자신의 성욕을 감출 수 있었다면 성범죄자가 되지 않았을 것이다.

즉, 어떻게 해서든 자신의 성욕을 채우려고 온갖 수를 다 썼을 테고, 그러다 보면 그런 세계에 대해 잘 알게 될 수밖에 없다.

"그 사건으로 태국 정부에서 15년 형을 받아서 수감 중인 것으로 알고 있습니다."

"으음……."

확실히 그런 놈이라면 루트에 대해 잘 알고 있을 가능성이 크다.

그런데 노형진의 표정이 왠지 좋지 않았다.

"하지만 도움을 받기는 영……."

도움이라는 것은 기브 앤드 테이크다.

그에게 도움을 받으면 뭔가를 해 줘야 한다.

하지만 그런 정신병자에게 뭔가를 해 주고 싶은 사람은 없었다.

"그 '뭔가'를 안 해 주면 되는 거지."

"뭐?"

노형진이 꺼림칙해하자 오광훈이 시큰둥하게 말했다.

"아무것도 안 해 주면 된다고. 그러니까 나랑 만나게만 해 줘. 통역이나 해 주고."

자신 있게 말하는 오광훈을 보면서 노형진은 왠지 불안해졌다.

⚖

송 팟은 눈앞에 있는 사람들이 왜 자신을 면회 온 건지 이해할 수 없었다.

"한국에서 왜 나한테 관심을 가지는 거지?"

태국에서도 그에게는 관심이 없었다.

정확하게는, 너무 창피한 일이라서 언론에서 입을 다물었다고 봐야 한다.

"간단해. 그 아동 성범죄자들이 모이는 곳이나 그들을 잡을 수 있는 방법, 그걸 알려 줘."

오광훈은 느긋하게 말했다.

그의 말은 통역을 통해 자연스럽게 송 팟에게 전해졌다.

물론 송 팟은 코웃음을 쳤다.

"내가 왜?"

"그래야 남은 생활이 편할 테니까."

"꺼져. 어디서 왔는지는 모르지만, 그런 걸 요구할 때는 대가도 함께 제시해야 하지 않겠어?"

그렇게 말하는 송 팟의 태도는 당당하다 못해 뻔뻔했다.

"여기서 빼 달라는 건 아닐 테고."

송 팟은 15년 형을 받았고 이미 3년을 살았다. 그러니 아직 12년이 남았다.

"아무리 그래도 빼 줄 수는 없다고."

"나도 그런 건 기대하지 않아. 돈. 내 계좌로 돈을 넣어 놔."

"얼마나?"

"2천만 밧쯤?"

한국 돈으로는 7억 5천만 원쯤 되는 돈이다.

물론 송 팟도 그 정도나 되는 금액을 상대가 줄 거라고 생각하지는 않았다.

　한국에서도 그 정도면 어마어마하게 큰돈이다. 그런데 그걸 준다고 하면 그건 비정상이다.

　"그렇단 말이지."

　오광훈은 그 말을 듣고 피식 웃었다.

　'내 그럴 줄 알았다.'

　15년 형을 받았고 전 재산은 손해배상으로 빼앗겼다.

　그러면 나와서 뭘 하겠는가?

　앞으로 형기가 12년 남았는데, 송 팟의 나이가 서른두 살이다. 감옥에서 나오면 44세.

　현실적으로 어딘가에 취직해서 다시 삶을 시작하는 게 쉬운 일은 아닐 나이다.

　'그러니 돈을 요구하겠지. 그것도 아주 많이.'

　오광훈은 한때 범죄자였기 때문에 안다.

　노후를 위해, 물가 상승분까지 생각해서 제시한 금액이다.

　아마도 적당히 협상해서 깎으면서 돈을 뜯어내려고 할 것이다.

　'안 주면 되는 거지.'

　오광훈은 느긋하게 말했다.

　"가서 간수 한 명만 데려와 줘요."

　"네?"

통역을 담당하는 사람은 고개를 갸웃했다.

돈을 달라고 하니 협상을 끝내려고 하는 것인가 하는 생각이 들었기 때문이다.

그러나 오래 생각할 필요는 없었다.

어차피 그는 말만 전해 주면 된다.

잠시 후 면회실로 들어온 간수.

그런 간수에게 오광훈은 느긋하게 뭐라 입을 열었다.

그러자 통역하는 사람은 사색이 되어 더듬더듬 말을 옮겨 주었다.

"이 새끼가 있는 방을 오로지 게이로 채우는 데 얼마면 됩니까?"

그 순간 오광훈을 미친놈 바라보듯 하는 간수와, 얼굴이 사색이 되는 송 팟.

"모조리요?"

"모조리 다."

"그 방에 지금 쉰 명도 넘게 있는데요?"

원래 이곳은 감방당 수형자 수가 그렇게 많은 감옥은 아니었다.

하지만 태국의 감옥 상황은 열악하다.

수감자는 많은데 자리는 없다.

그래서 그 방에만 쉰 명이 넘게 수용되어 있어, 누울 자리조차 없을 정도로 비좁았다.

"12년 후의 돈? 그걸 왜 줘?"

두 사람의 충격 어린 시선에도 아랑곳 않고 어깨를 으쓱하는 오광훈.

"태국에는 게이가 많다지? 딱 너 하나 특정해서 후장을 뚫어 주기 시작하면 아주 그냥 후장이 걸레짝이 되겠어. 12년? 그때까지 살 수 있을까? 아, 그러고 보니 태국의 에이즈 감염률이 얼마더라?"

상스러운 말이라 차마 통역하지 못하고 주저하던 통역사는 오광훈이 눈치를 주자 떨떠름한 표정으로 통역하기 시작했고, 그 말을 들은 간수와 송 팟은 침을 꿀꺽 삼켰다.

"이 녀석이 있는 감옥에 게이, 그것도 공격형 게이…… 그걸 뭐라고 하지? 하여간 그런 놈으로만 채울 것. 그리고 그들이 송 팟에게 뭔 짓을 하든 눈감아 줄 것. 그 대가로 500만 밧을 주지. 그놈이 에이즈 감염자면 추가로 돈 더 주고."

500만 밧이면 한국 돈으로 거의 2억 가까이 된다.

'이 정도면 알아서 입을 열 테고, 뭐 그래도 입을 열지 않으면 형진이가 알아서 해 주겠지.'

쉰 명이 넘는 게이가 갇혀 있고 손대도 괜찮은 남자가 딱 한 명 있다.

그러면 어떻게 될까?

게이들은 상대적으로 소수다.

그래서 일반 감옥에서는 자신이 게이라는 걸 들키면 집단

구타를 당한다.

하지만 상황이 반대가 된다면?

"너, 미성년자 강간으로 들어왔다며? 하루에 한 열 번쯤 후장이 따이고 나면 인생에 대해 많이 생각하게 될 거야. 물론 줄줄 새는 똥을 어떻게 할지에 대한 생각도 해야 할 거고."

통역사에게 모든 말을 전해 들은 송 팟은 다급하게 입을 열었다.

"말하겠습니다! 말할게요! 말하게 해 주세요!"

그러자 갑자기 간수가 벌떡 일어나더니 미친 듯이 그를 구타하기 시작했다.

어떻게 해서든 입을 다물게 하기 위해서였다.

"아악!"

"나 바쁘다. 빨리 말해라."

구타를 당하면서도 어떻게든 입을 열려고 하는 송 팟.

그리고 그런 송 팟의 입을 다물게 하려고 점점 더 심하게 구타하는 간수.

500만 밧이라는 돈에 눈이 먼 것이다.

애초에 이야기를 꺼낸 게 오광훈이니 신고하지 않을 거라는 생각도 했고 말이다.

"업자가 있습니다. 업자가…… 가난한 사람들에게 아이들을 소개해 주는, 아아악……. 제발 그만……."

몽둥이질에 몸을 동그랗게 말고 저항하는 송 팟.

"통역사 양반, 저거 뭐라는 겁니까?"

"말해 준다고요."

"아, 계속 통역하세요."

"네? 지금요? 저렇게 두들겨 맞고 있는데요?"

"그건 나 알 바 아니고. 말하지 않으면 우리는 가는 겁니다."

통역이 그 말을 전달해 주자 송 팟은 비명을 터트리듯 외쳤다.

"타이에 브로커가 있어요! 아아악!"

−살려 주세요!

녹음기에서 송 팟의 목소리인 듯한 비명이 끝나자 노형진은 오광훈을 어이없는 표정으로 바라보았다.

"죽이려고 작정했냐?"

"죽여도 내가 죽이는 거 아니야. 그리고 이런 새끼는 살아 있어 봐야 공기만 아깝다."

"틀린 말은 아니긴 한데……."

결국 송 팟은 살기 위해 두들겨 맞으면서도 필사적으로 입을 열었고, 나중에 오광훈이 어느 정도 돈을 쥐여 주고 나서야 간수는 아깝다는 듯 폭행을 멈췄다.

그가 말하지 않아야 돈을 버는데, 그게 날아갔으니까.

"송 팟, 이제 좋은 꼴 못 보는 거 알지?"

"알지."

간수 입장에서는 무려 500만 밧을 날린 일이다.

그랬으니 송 팟이 좋게는 보이지 않을 테고, 아마 남은 송 팟의 생활은 참으로 비참해질 것이다.

"뭐, 안 준 거 맞잖아?"

"그건 그렇다."

노형진은 고개를 끄덕거렸다.

옆에서 이야기를 듣고 있던 조식호는 기가 막힌다는 표정이 되었다.

"간수들이 그럴 거라고 어떻게 아신 겁니까?"

"어, 태국은 뇌물로 유명하잖습니까? 애초에 셋업 범죄가 만연한 나라인데 돈에 욕심이 없을 리가 없죠."

당연히 그 돈을 벌기 위해 뭐든 할 거라 생각했다.

그러면서 오광훈은 노형진에게 나지막하게 말했다.

"범죄자 심리는 '범죄자가 더 잘' 안다고."

노형진은 쓰게 웃었다.

틀린 말은 아니었다.

그러면 온갖 수단을 다 써서 실토하게 했겠지만, 오광훈은 범죄자 마인드를 정확하게 알고 대가리가 터지게 만들어서 불게 했다.

"일단 그놈이 말한 능 프라싯이라는 놈에 대해 추적해 봐야겠군."

송 팢이 그렇게 두들겨 맞으면서도 사력을 다해 말한 이름, 능 프라싯.

"타이에서 활동하는 폭력 조직 소속으로, 전반적인 아동 성매매를 관장한다라…….."

노형진은 능 프라싯에 대한 정보를 곱씹다가 길게 한숨을 내쉬었다.

"주요 방법은 인신매매…….."

태국은 전 세계적으로 인신매매가 성행하는 나라 중 하나다.

전 세계적으로 보면 인신매매와 관련해서 등급을 매기는 데 제대로 관리하려고 하면 1등급, 관리하려는 의사가 별로 없으면 2등급, 아예 놔 버리면 3등급이다.

그리고 태국은 무조건 3등급이다.

참고로 한국은 1등급, 일본은 2등급이다.

"이러니 근절이 안 되지요."

조식호는 씁쓸하게 말했다.

"일단 제가 태국 정부에 협조를 요청하겠습니다. 그놈을 잡으면 뭐라도 나오겠지요."

"그러길 빌지요."

노형진은 씁쓸한 표정으로 말했다.

능 프라싯을 찾는 것은 어렵지 않았다.

이미 그는 인신매매와 아동 성매매 등의 혐의로 태국 정부에서도 추적 중이었기 때문이다.

다만 그가 어디에 있는지 몰라서 잡지 못하는 것뿐이었다.

하지만 오광훈 덕분에 그가 숨어 있는 장소가 발각되었는데, 실로 어이없는 곳이었다.

"저 집이 타이 시장의 집이라고요?"

"네."

"그리고 그 건너편에 능 프라싯이 살고 있고?"

등잔 밑이 어둡다고 하더니, 시장의 집 바로 건너편에 있는 호화 주택이 그의 집이었다.

물론 명의상 집주인은 다른 사람이지만 그는 그곳에서 당당하게 생활하고 있었고, 심지어 시장과 얼굴을 알고 지내는 지역의 유력 인사 중 한 명이었다.

"뭐 이런 개 같은 경우가 다 있나 싶네."

"원래 그래. 한국은 뭐 별반 다르냐?"

영장을 발부받고 실행하는 것에 대해 경찰과 검찰이 제대로 신경 쓰지 않으면 백 년이고 천 년이고 시행되지 않는 게 현실이다.

실제로 한국에서 구속영장이 나온 범죄자가 SNS에 자신의 삶을 올리고 경찰서에 가서 경찰들과 밥 먹고 술 마시고 하는 게 그다지 특이한 일은 아니었다.

"그래도 이번에는 벗어나지 못할 것 같기는 한데."

상당히 오래 도망 다닌 능 프라싯이었다.

그래서 그런지 태국 경찰들도 이번에는 어떻게 해서든 잡겠다는 의지로 철저하게 준비하고 있었다.

주변 도로는 확실하게 막혀 있고, 차량으로 이동할 수 있는 곳마다 경찰차가 대기하고 있었다.

심지어 헬기까지 동원한 점을 생각하면, 태국의 경찰도 아주 이를 박박 갈고 있었던 모양이다.

"일단 들어가면 뭐라도 나오길 바라자고."

능 프라싯이 숨어 있는 곳에 대한 정보를 주는 조건으로 노형진은 관련 자료에 접근할 수 있는 자격을 요구했고, 태국 경찰은 그에 흔쾌히 동의했다.

"당장 가서 내가 다 때려잡아야 하는데."

"아서라. 여기는 한국이 아닌 태국이다. 그리고 태국이면……."

탕탕!

저 멀리서 들리는 총소리.

그건 당연히 능 프라싯의 집에서 들리는 소리였다.

"총이 한두 정쯤 있어도 이상할 게 없지."

더군다나 능 프라싯은 태국의 대형 범죄 조직의 보스다.

그런 놈이 총을 가지고 있지 않다면 그게 더 이상한 일일 것이다.

타타타탕.

심지어 단발도 아니고 연사로 터지는 소리.

이어 '펑!' 하고 뭔가가 터져 나가는 소리.

"이거 유탄 발사기나 수류탄 같은데?"

"별 미친……. 안 가길 잘했다."

좀 떨어진 곳에서 기다리던 노형진과 오광훈 그리고 조식호는 혀를 내둘렀다.

"아무래도 제대로 싸움이 붙은 것 같은데?"

총소리는 쉽게 그치지 않았다.

능 프라싯이 최선을 다해서 저항하고 있는 게 분명했다.

"이러다 죽는 거 아냐?"

"글쎄. 죽으면 곤란한데."

정보를 캐내야 하는데 죽으면 진짜 곤란하다.

물론 다른 곳에 있을 수도 있지만, 아닐 수도 있으니까.

쾅!

아무래도 상황이 안 좋았는지 천천히 움직이기 시작하는 경찰의 장갑차.

다음 순간, 능 프라싯의 집에서 갑자기 튀어나온 로켓이 장갑차를 순식간에 박살을 냈다.

"RPG?"

수도 한복판에서, 폭력 조직이 RPG까지 가지고 있었던 것이다.

"이거 아무래도 일이 엄청나게 커질 것 같네. 이 정도면 여럿 목 날아가겠어."

"조금 더 뒤로 빠져야 하지 않을까요?"

괜히 겁먹은 조식호의 말에 노형진은 말없이 고개를 끄덕거렸다.

조식호는 차를 후진시키면서 안전거리로 멀어졌다.

재수 없어서 눈먼 총알에 맞고 싶은 생각은 없었으니까.

"응?"

그렇게 이동하는 와중에 오광훈은 한쪽에서 슬쩍 움직이는 웬 남자를 발견했다.

"잠깐 스톱."

"왜?"

"저 남자, 겁나 수상하지 않냐?"

오광훈의 말에 노형진은 남자에게 시선을 돌렸다.

태국은 열대지방이다.

당연히 엄청나게 더운 날씨를 자랑한다.

그런데 그는 이 더운 나라에서, 한낮에 후드를 뒤집어쓰고 점점 멀어지고 있었다.

"확실히 이상하기는 하네."

더군다나 주변 사람들은 이 난리가 나자 안전한 거리에서 저마다 슬쩍 고개만 내밀고 능 프라싯의 집을 바라보고 있는데, 그는 그 폭음에도 아무런 관심도 보이지 않고 총총걸음으로 정반대 방향으로 가고 있었다.

"잠깐만 옆에 세워 주세요."

"뭐 하려고?"

"뭐, 잠깐만."

오광훈은 차에서 내려서는 주변을 두리번거렸다.

그리고 바닥에 있는 깨진 벽돌 하나를 주워 들었다.

"이게 발음이 맞는 건지 모르겠네?"

고개를 갸웃하며 천천히 남자에게 다가가던 오광훈은 갑자기 버럭 소리를 질렀다.

"능 프라싯!"

남자가 순간 움찔하는 듯하더니 뒤도 안 돌아보고 전속력으로 달리기 시작했다.

"헛!"

무서운 속도로 멀어지는 남자.

그러나 오광훈은 그보다 더 빨랐다.

정확하게는, 그의 손에 들려 있던 벽돌이 더 빨랐다고 하는 게 맞는 표현일 것이다.

뻐어억!

"크어억!"

등짝을 벽돌에 정통으로 맞은 남자는 바닥을 그대로 데굴 데굴 굴렀고, 오광훈은 쓰러진 남자에게 다가가서 뒤집어쓰고 있던 모자를 벗겼다.

그리고 거기에 나타난 능 프라싯의 얼굴.

"역시나."

오광훈은 그 얼굴을 내려다보며 히죽 웃었다.

"이런 정도 조폭이면 당연 지하에 토굴 하나쯤은 있겠다 싶었지."

물론 그 말은 한국어였기 때문에 능 프라싯은 알아듣지 못했다.

대신에 그는 오광훈에게 칼을 휘두르려고 했지만, 오광훈의 주먹이 먼저 그의 얼굴로 날아들었다.

"어설프게 칼질 하면 좆 되는 거 안 배웠냐!"

사정없이 휘둘리는 오광훈의 주먹.

짧은 사이에 얼마나 휘둘렀는지, 나중에는 휘두를 때마다 피가 튀었다.

"미친! 야, 진정해."

노형진이 달려와서 말리고 나서야, 완전히 걸레짝이 되어 버린 능 프라싯은 오광훈의 손에서 풀려날 수 있었다.

⚖️

"경찰도 예상은 했지만 방향이 예상에서 틀렸답니다."

능 프라싯이 잡히고 나자 저항은 금방 멈췄다.

태국 경찰은 그의 집에 들어가서 닥치는 대로 수색하기 시작했고, 어마어마한 양의 총과 실탄 등을 발견할 수 있었다.

"전쟁이라도 하려고 했던 건가?"

"그럴 수도 있지. 물론 태국 정부를 상대로 하는 전쟁은 아닐 테지만."

태국 경찰의 동의하에 안으로 들어간 노형진 일행은 먼저 자료를 살피고 있었다.

물론 그 옆에서는 태국 경찰이 뭐라도 하나 빼돌릴까 봐 눈에 불을 켜고 있었다.

"대부분은 관련이 없는 이야기네요."

서류의 대부분은 그다지 중요하지 않은 것들이었고, 중요한 내용은 확인할 수조차 없었다.

"역시 이런 식이면 곤란한데."

노형진은 떨떠름한 표정으로 말했다.

물론 미친놈 하나 근절했으니 세상을 위해 큰일을 한 것이긴 하지만, 그와 오광훈의 목적과는 거리가 좀 있다.

"그나저나 이건 뭘까?"

일정표에 적혀 있는 글자를 보면서 오광훈은 고개를 갸웃했다.

일정표에는 'IPCE (K) 방문'이라고 되어 있었다.

"뭐지? 무슨 약어 같은데."

아무리 생각해도 IPCE라는 조직은 들어 본 적이 없었다.

심지어 인터넷에도 그와 관련된 곳은 없었다.

"설사 국제조직이라고 해도, 그런 놈이 인신매매자들하고 관련이 있을 것 같지는 않은데?"

아무래도 제대로 된 정보는 결국 찾지 못하는 거 아닐까 하고 고민하는 노형진의 옆으로 태국의 경찰 중 한 명이 다가와서 그 화면을 뚫어지게 바라보더니 심각한 표정으로 변했다.

"저 남자가 뭔가 아는 것 같은데 한번 물어볼까요?"

노형진이 고개를 끄덕거리자 조식호는 조심스럽게 그에게 다가가 질문을 던졌다.

태국어에 능숙해지지는 못했기 때문에 영어로 이야기를 주고받았는데, 잠시 후 조식호는 대화를 마치고 똥 씹은 표정으로 다가왔다.

"저거, 국제조직이랍니다."

"국제조직요? 진짜 조직은 아니고 범죄 조직인가 보네요."

"저들과 경찰들의 말이 다른데, 저들은 스스로를 국제조직이라고 한다네요."

"그럼 경찰은요?"

"International Pedophile and Child Emancipation라네요."

"네? 그게 뭔 말이랍니까?"

"국제아동성해방운동. 쉽게 말해서 아동 성범죄자들 모임이랍니다."

　노형진과 오광훈의 표정도 순식간에 똥 씹은 표정으로 바
뀌어 버렸다.

진실도 선빵으로

국제아동성해방운동.

그런 것에 대해서는 노형진조차도 들어 본 적이 없었다.

하지만 아동 성매매가 주요 범죄 중 하나인 태국의 경찰은 그 건에 대해 알고 있었다.

"공식적으로 그놈들은 아동과 성적인 관계를 맺고 싶어 하는 욕망을 가진 자 또한 정신병자나 범죄자가 아니라 동성애처럼 성 소수자라고 주장하는 놈들이랍니다."

"자기가 미쳤다는 말을 참 그럴듯하게도 하네."

오광훈은 혀를 끌끌 차며 말했다.

"도대체 왜 아동 성범죄자들이 문제가 되는지 전혀 이해를 못 하는군."

"이해를 못 하는 게 아니라 하기 싫은 거지."

노형진은 질려 버렸다는 표정이었다.

그럴 수밖에 없는 게, 설마 그런 조직이 있는 줄은 몰랐으니까.

"애초에 그놈들은 대상을 성적인 관점에서만 바라보니까. 그 녀석들 입장에서는, 아이들은 보호의 대상이 아니라 성욕 해소의 대상일 뿐이야."

아동 성범죄가 문제가 되는 이유는 그 과정에서 아이에게 가는 피해에 대해 전혀 인정하지 않는다는 것에서 시작한다.

아이들은 어리기 때문에 성적인 개념이 없고 그에 대한 결정을 할 수 있는 의사능력도 없다.

결국 놈들이 아무리 아이들과 합의하에 관계한다고 주장해도, 애초에 결정 능력이 없는 아이들을 속이거나 위협을 해서 가지는 관계는 당연히 정상적일 수가 없다.

실제로 많은 아이들이 어린 시절에 그런 성적인 학대를 받은 경우 나중에 성장한 후에도 심각한 심리적, 정신적 타격에서 벗어나지 못한다.

"그런데 그런 상황에서 아동 성범죄자가 단순히 게이나 레즈비언 같은 성 소수자라고?"

"원래 범죄자들이 자기들 범죄 합리화하는 건 쩔잖아? 국회의원들이 뭐만 하면 일단 국민부터 팔아먹는 거랑 똑같은 거지."

노형진은 그렇게 생각하다가 마지막에 붙어 있던 K라는 글자에 집중했다.

"마지막에 붙어 있던 그 K라는 글자 말이야, 한국을 뜻하는 것 같지 않아?"

코리아는 Korea라고 쓴다.

만일 그놈들이 자기들 말처럼 전 세계적인 단체라면 당연히 한국 지부도 있을 테고…….

"한국 지부가 태국에 들어온다, 뭐 그런 의미일까요?"

"아마도 그렇게 보입니다."

조식호는 진지하게 말했다.

물론 그게 이름의 첫 대문자일 수도 있다.

하지만 현실적으로 단 한 명 또는 고작 몇 명 정도의 사람들이 들어오는데 능 프라싯 같은 보스급 인물이 관리할 가능성이 얼마나 될까?

거의 없다고 봐도 무방하다.

"그렇다면 남은 건 결국 하나뿐이네."

한국에서 집단으로 들어온다는 것.

그리고 생각보다 그 미친놈들의 집단이 세계적으로 크다는 것.

"그걸 그냥 둔다고?"

오광훈은 이해가 안 된다는 듯 말했다.

태국 경찰이 알 정도라면 미국 경찰도 알아야 한다.

그런데 아동 성범죄라고 하면 눈을 뒤집는 미국에서 그걸 그냥 놔둔다는 게 오광훈은 이해가 가지 않는 모양이었다.

"아마도 현실과 법의 괴리 때문이겠지."

"현실과 법의 괴리?"

"사상과 범죄는 전혀 다르거든."

그들이 주장하는 건 어떻게 보면 그들의 사상이라고 할 수 있다.

아동 성도착증이 정신병이 아니라 성 소수자일 뿐이라는 그들의 주장.

"그리고 민주국가에서는 사상의 자유를 가지지."

대한민국에도 사상의 자유가 있으며, 그건 모든 국가의 근간이다.

"당장 지금의 한국을 봐."

홍안수 사건 이후에 일본과는 척지고 이제는 같은 하늘 아래 못 산다는 말이 나오는 판국이지만, 현실적으로 아직도 일본을 좋아하는 사람들이 있고 여전히 친일파들이 활동한다.

친일파로 살아가는 것과 국가를 배신하고 일본을 위해 범죄를 저지르는 것은 전혀 다른 것이기 때문이다.

"즉, 그걸 사상적으로 주장하고 합법적인 범위 내에서 관철하려고 한다면 누구도 뭐라고 못 해. 설사 그게 국가라고 해도 말이지."

그게 가능한 나라는 독재국가밖에 없다.

"지금 상황에서 그 성범죄자들이 자기들끼리 뭉쳐서 사상을 나누거나 시위하면서 주장한다면, 미국 정부뿐만 아니라 한국 정부도 별 뾰족한 방법은 없어."

물론 사회적으로 인생이 말살되는 것은 배제하고 말이다.

"아마도 미국에서는 그런 단체에 대해 처벌만 못 할 뿐, 집중적인 관심 대상으로 취급하겠지."

실제로 미국에서는 그들을 집중적으로 관찰하면서 조금이라도 범죄 혐의가 있으면 잡아들인다.

다만 노형진이 몰랐을 뿐.

그들은 말로는 아동과 성적 관계를 가지는 데에 있어서 아동의 동의를 얻는다고 주장하지만, 실제로는 그저 지속적으로 아동 강간을 저지르는 골치 아픈 존재였으니까.

"그런데 그런 조직을, 한국은 지금까지 몰랐다는 거군요."

"아마 그럴 겁니다. 이런 조직이 쉽게 자기들을 드러내면서 활동하지는 않으니까요."

이수종의 말처럼 그들은 자기들끼리 다크웹에서 만나서 활동하면서 범죄를 저지를 것이다.

"어쩌면……."

노형진은 정신이 번쩍 들었다.

자신들이 여기에 온 이유.

"그놈들이 촬영의 주체가 아닐까요?"

"그 영상 촬영의 주체요?"

"네. 한국에서 따로 추적할까 생각했습니다만."

노형진과 오광훈은 일단 여기에서 벌어지는 아동 성매매와 촬영을 막기 위해 입국한 것이다.

"생각해 보면, 그들이 아니면 촬영을 누가 할까 싶네요."

이수종의 말에 따르면 거기에 출연하는 성인들은 지속적으로 바뀐다고 한다.

물론 가면을 쓰고 음성도 조작하지만, 신체적 특성을 보면 출연한 사람의 신분은 몰라도 숫자는 정리할 수 있었다.

그리고 그 결과를 보면 영상에 출연한 사람은 최소 열 명에서 최대 서른 명에 달한다.

"단순 촬영 집단이라면 그 정도 되는 숫자를 구하기 힘들지."

정상적인 사람이라면 그러한 범죄를 저지르는 걸 아는 순간 당연히 신고할 테니까.

"공범 만들기일 가능성도 감안하시는군요."

"맞습니다."

조식호의 말에 노형진은 고개를 끄덕거렸다.

그렇게 같이 촬영함으로써 서로가 공범 관계로 묶여서 이탈하지 못하게 하는 건 흔하게 써먹는 방법이다.

"이놈들을 어떻게 해야 하나? 그냥 싹 다 잡아서 한국으로 보내 버려?"

"나는 반대."

"뭐?"

노형진이 반대를 표명하자 오광훈은 깜짝 놀랐다.

"그러면 그냥 놔주자고?"

"아니, 그건 아니고. 한국에 보내 봐야 한 3~4년 살다 나오겠지."

한국의 아동 성범죄자에 대한 처벌은 무척이나 약하다.

실제로 아동을 강간하려고 하던 범죄자를 그 가족이 막는 데 성공했는데, 범죄가 성립된 게 아니라 멀쩡하게 사회생활을 했다는 점을 들어서 전자 발찌 착용조차 기각된 경우도 있었다.

"그러니 차라리 여기서 처벌받게 만들자고."

태국이 아동 성범죄자들을 모른 척하고 있는 건 사실이지만 그건 어디까지나 걸리지 않았을 때의 이야기다.

걸리면 그때는 어마어마하게 강하게 처벌한다.

"이게 미묘하게 다른 거거든."

만일 여기서 그들을 잡아 아동 성범죄를 증명해 내면 어떻게 될까?

당연히 태국 재판부에서 태국에서의 실형을 선고할 것이다.

그리고 태국에서의 실형은, 한국과는 비교도 못 할 만큼 열악하고 힘들며 고통스럽다.

최악의 경우 그 안에서 질병 등으로 인해 사망할 가능성도 존재한다.

"물론 그놈들은 한국으로 가려고 지랄 발광을 하겠지만……."

대한민국 정부에서 뭐가 아쉽다고 그놈들을 받아 주겠는가?

그들을 받아 줘야 도움이 되는 건 하나도 없고 도리어 성범죄자들을 편하게 풀어 준다고 욕이나 바가지로 먹을 텐데.

"확실히 태국의 감옥은 볼만하죠."

조식호는 피식 웃으며 말했다.

"볼만하겠네요."

"표정이 어째, 기대되는 표정입니다?"

"가끔 그런 놈들이 새론 태국 지점에 의뢰할 때 아주 어이없거든요."

일단 의뢰가 들어와서 변론을 진행하기는 하는데, 그들은 한국 로펌의 지점이니 당연히 자신들을 보호해야 하는 것 아니냐면서 따지고 드는 경우가 많다고 한다.

"어이없군요."

아무리 대한민국의 대사관이 하도 일을 못해서 그 일을 어느 정도 대신하는 새론이라지만, 새론은 일반 기업이고 국민들을 보호해야 할 의무도 권리도 없다.

그들이 그렇게 떠들어 봐야 새론에서 해 줄 수 있는 것은 변론이 끝이다.

"그런데 실형이 나와서 들어가는 놈들이 아예 감옥 뒷바라지까지 요구하더라고요."

"간땡이가 부었네요."

태국도 단순 성매매 같은 건 심하게 처벌하지 않는다.

그럴 수밖에 없는 게, 태국 정부도 그걸 이용해서 막대한 수익을 내고 있기 때문이다.

그래서 어쩔 수 없이 걸려도 보통은 일반인이라면 막대한 벌금과 더불어 추방 정도로 끝내지 실형까지는 내리지 않는다.

일단 태국의 감옥 자체가 심각하게 부족한 상황이라서 다른 나라의 사람까지 가둬 두기에는 버거운 것도 있다.

그런데도 실형이 나왔다는 것은, 태국에서 보기에도 넘어서는 안 될 선을 넘었다는 의미다.

"로마에 가면 로마법을 따르라는 말이 뭔지 모르는 놈들이 너무 많다니까요."

질려 버렸다는 태도로 말하는 조식호를 보니 그들의 행동이 확실히 머리가 아프기는 한 모양이었다.

"그러면 그들을 여기에서 잡아서 감옥에 넣도록 하지요."

"하지만 공항에서 잡으면 절대로 입을 열지 않을 텐데요."

"잠깐이나마 그들이 원하는 대로 해 주면 될 것 같습니다."

노형진은 씩 웃으며 말했다.

⚖

그들이 오기로 한 날, 태국의 경찰은 노형진의 조언대로 형사를 관광 가이드로 꾸며서 내보냈다.

어떻게 알아볼지에 대한 걱정도 있었지만 해결책은 간단

했다.

스케치북에 IPCE라는 이름으로 써서 들고 있는 것으로 해결된 것이다.

대놓고 국제아동성해방운동이라고 해 버리면 미친놈 취급받을 게 뻔하니 영어 약자로 표시한 것이었는데, 대부분의 사람들은 그게 뭔 의미인지 모르니 그냥 그러려니 하고 무심하게 스쳐 지나갈 뿐이었다.

그리고 우르르 나오는 사람들.

그들은 IPCE라는 피켓을 들고 있는 사람을 보고는 손을 흔들었다.

"어서 어십시오."

가이드 역할을 하는 사람은 당연히 한국어를 어눌하지만 어느 정도 할 줄 아는 수사관이었고, 그는 그들을 환영했다.

"정확한 시간에 오셨네요."

"비행기가 오는 거지, 뭐 우리가 오는 겁니까? 하하하."

캐리어를 끌고 수많은 사람들이 그쪽으로 몰려왔고, 멀리서 설치된 카메라로 숨어서 살피던 사람들은 그 숫자에 질려 버렸다.

"족히 스무 명은 될 것 같은데?"

"아무래도 숨어 있어서 그렇지, 생각보다 규모가 큰 모양이야."

"야, 이 미친놈들을 어쩌냐? 어? 저거 여자 아니야? 아니,

여자가 왜 저기 들어 있어?"

"아동 성범죄자는 남자만 있는 게 아니다. 물론 대다수가 남자인 것은 사실이지만 여자도 분명 존재해."

실제로 여러 나라에서는 아이를 유혹해서 성관계를 가지는 여성들의 문제가 매년 터져 나오고 있다.

"저도 여자 아동 성범죄자는 처음 봤네요."

"태국에서도 대부분의 아동 성범죄자들은 남자니까 여자들은 그다지 신경 쓰지 않았을 겁니다."

노형진은 화면을 바라보면서 말했다.

스피커에서는 그들의 목소리가 들려오고 있었다.

"그나저나 회장님은 어디 가셨습니까?"

아마도 그 회장님이라는 존재는 능 프라싯일 가능성이 높다. 스무 명씩 한꺼번에 들어올 정도라면 상당히 큰손님일 테니까.

"회장님은 수사 문제로 잠깐 여행 가셨습니다."

"그래요?"

단순히 거기까지만 말했음에도 불구하고 그들은 마치 알아들었다는 듯 고개를 끄덕거렸다.

"그러면 바로 움직이시지요. 호텔을 미리 준비해 놨습니다."

다행히 능 프라싯의 다른 서류에서 그동안 거래한 호텔을 찾아낼 수 있어서 그곳으로 다시 잡아 둔 덕분에 특별한 문제가 없다면 의심은 피할 수 있었다.

"일단 짐을 풀러 가야지요."

"미리 차를 준비해 놨습니다."

수사관을 따라 우르르 몰려나온 사람들은 잠시 후 대형 버스에 타고 호텔로 향했다.

당연히 그 차 안에도 카메라가 설치되어 있었지만 워낙 잘 숨겨 놔서 그들은 의심도 하지 못하는 듯했다.

그래서 그런지 그들은 차에 타자마자 바로 입을 나불거렸다.

"준비는 다 되어 있나요?"

"다 되어 있습니다. 취향에 맞으시려나 모르겠습니다만……."

이야기하던 경찰은 이 대목에서 저도 모르게 침을 꿀꺽 삼켰다.

저들이 예상대로 아동 성범죄자인지 아니면 그냥 평범한 여행객들인지, 이제 확인할 수 있을 것이기 때문이다.

"제일 어린 아이가 열한 살이고 제일 나이 많은 아이가 열다섯 살입니다."

만일 정상적인 사람이라면 무슨 개소리냐며 화를 내야 한다. '정상적인 사람'이라면 말이다.

"언제나 고생이 많으시네요."

미소를 지으며 답하는 남자.

순간, 뒤에서 그걸 보면서 따라가던 오광훈과 노형진은 주먹을 불끈 쥐었다.

"나이스! 잡았다, 개새끼들."

단순히 성매매 원정이 목적이었다면 여기서 거칠게 항의했어야 했다.

그런데 그들은 항의하지 않았고, 또 누구도 그걸 이상하게 생각하지 않았다.

"그러면…… 여기서 확실하게 못을 박아야겠지?"

노형진은 그렇게 말하며 마이크를 쥐고 있던 경찰에게 신호를 보냈다.

그리고 마이크를 쥔 남자는 상대방, 즉 가이드 역할을 하는 남자에게 무전기로 조용히 이야기했다.

가이드의 귓속에는 작은 이어폰이 감춰져 있었기에 그 명령을 받고 바로 움직이는 게 어렵지 않았다.

"그런데 저기, 문제가 좀 있습니다."

"문제요?"

여행자들의 대표로 보이는 남자는 문제라는 말에 눈을 찡그렸다.

"그게, 회장님께서 돈을 좀 올려 달랍니다."

"돈요? 무슨 돈요? 이미 다 내지 않았습니까?"

"그래도 촬영비를 좀 더 올려 주셔야 할 것 같다고…….
요즘 여기저기 손 벌리는 곳이 많아서 말입니다."

와락 얼굴을 찡그리는 남자.

'어? 이놈들이 아닌가?'

노형진의 가슴이 덜컥하는 순간 남자의 입에서 한 소리가 나왔다.

"아니, 매번 이런 식으로 올려 달라고 하면 어쩌자는 겁니까?"

'역시! 내 예상이 맞았어.'

혹시나 하는 마음에 찔러보라고 한 건데 역시나 이놈들이 범인이 맞았다.

"그게, 저희도 방법이 없습니다. 상황이 급해져서요."

수사관 노릇을 하는 경찰은 이미 상황에 대해 언급받고 계획을 짰기 때문에 자연스럽게 거짓말을 술술 이어 갔다.

"아까도 말씀드렸다시피 회장님이 수사 문제로 여행 중이신지라……. 한 10%만 더 주시면 됩니다."

"위에다 찔러줘야 한다는 거군요. 알겠습니다."

남자는 툴툴거리며 말했다.

"일단 숙소를 잡고 팀원들이랑 이야기해서 추가로 드리도록 하겠습니다."

"감사합니다."

"그리고 다음번에는 이런 일이 없으면 좋겠습니다."

"당연히 그래야지요."

경찰은 속으로 미소를 지으면서 고개를 팍 숙였다.

⚖

그들이 숙소로 간 후 사건은 일사천리로 진행되었다.

태국 경찰 쪽에서도 단체 아동 성범죄자들이라는 사실이 확인되자 당장이라도 현장에서 체포하기 위해 준비하고 있었다.

"다만 이게 애매하단 말이지요."

정황상의 증거는 죄를 확정하기에 충분하다.

하지만 그건 어디까지나 정황상의 증거일 뿐이다.

저들이 아동 성범죄자임을 알 수 있는 진술을 다양하게 낚는 데에는 성공했지만, 그 명확한 증거는 없다.

"현장을 급습해?"

"불가능하지 않을까요? 우리에게는 아동이 없지 않습니까? 설사 데리고 온다고 해도, 그건 인도적으로 문제가 될 것 같은데요."

아이를 수사의 미끼로 쓴다는 건, 아무리 아이에게 문제가 생기지 않는다고 해도 결국 욕먹을 수밖에 없는 행위다.

그렇다고 여기서 그냥 시간만 보낼 수는 없다.

짐을 풀자마자 튀어 나가려는 것을, 시간이 늦었다고 그냥 자라고 한 거니까.

"내일까지 어떻게 못 하면 의심받게 될 텐데……."

노형진은 고민스러운 표정이 되었다.

더군다나 노형진의 목적인 촬영 현장을 잡기 위해서는 그들이 촬영하는 것을 증명해 내야 한다.

그러지 못하면 저들은 절대 사실을 말하지 않을 테니까.

"촬영 현장을 덮칠 수는 없으니까 다른 방법을 써야 하는데…….."

"일단 저들이 아동 성도착자라는 걸 증명하는 게 중요합니다. 태국 내부에서는 필요하다면 아이들을 데리고 오겠다고 하는데…….."

"태국 경찰이야 애들의 인권에 대해 그다지 신경 쓰지 않으니까요."

분명 돈만 준다고 하면 아이들을 보내 줄 사람은 있다.

큰일이 나는 것도 아니고, 그 현장에 들어가면 바로잡히는 거니까.

"하지만 그건 영 아닌데…….."

노형진은 떨떠름한 기분으로 생각하다가 문득 무언가를 떠올렸다.

"잠깐만…… 우리가 고민할 필요가 있나?"

"응?"

"아니, 생각해 보니까 능 프라싯 그놈, 원래 인신매매범이라며?"

"그렇지요."

"그러면 애들을 데려다가 호텔에 넣어 주지는 않았을 것 같은데요?"

조식호는 이게 무슨 소리인가 하는 표정이 되었다.

하지만 오광훈은 눈치가 빨랐다.

자신이 범죄자 출신이기에 그들의 심리를 빨리 알아차린 것이다.

"생각해 보니 그러네. 인신매매범이면 아이들을 여기로 데려오지는 않겠지."

만일 그랬다가 그 아이가 호텔 안에서 살려 달라고, 구해 달라고 비명이라도 지르기 시작하면 아무리 그라고 해도 거기서 탈출하는 것은 힘들다.

"그러고 보니 아까 그랬지요, 바로 가자고 했다고?"

"네? 아, 그렇군요. 가자는 건, 애초에 호텔로 애를 데리고 오지 못한다는 거군요."

어딘가 다른 곳에서 아이들을 만나 왔기에 그들은 당연히 그곳으로 가자고 한 것이다.

"지금 아이들의 구출 작전은 계속되고 있는 거죠?"

"네. 그 과정에서 조금…… 안 좋은 부분이 있지만……."

능 프라싯은 경찰들에게 진짜 개 처맞듯이 처맞고 있었다.

입을 열지 않을 수가 없을 정도로.

그래서 아이들이 숨겨진 장소를 찾을 수 있었고 그 아이들도 구할 수 있었다.

"하지만 거기는 성매매를 할 만한 곳이 아니던데요."

아이들이 있던 공간은 거의 창고 같은 곳이라 거기서 무슨 일이 이루어지지는 않았을 것 같았다.

"아마도 상황에 따라 모텔 같은 걸 통째로 빌리거나 했을 겁니다. 그러면…….”

노형진은 그동안 잊고 있던 가능성이 생각났다.

“애들은 어떻게 골랐을까요?”

“네?”

“그게 무슨 소리야?”

“아이들 말이야. 생각해 봐, 사람에게는 저마다 취향이라는 게 있어. 뭐, 저 새끼들은 사람 같지는 않지만. 하지만 일단 그 부분에 관해서는, 어떻게 보면 일반인보다 더 지독한 성도착증인 거거든.”

일반인은 마음에 드는 남녀라면 관계를 가지는 데 그다지 큰 문제가 없다.

하지만 저들은 정신병을 가지고 있기 때문에 그에 따른 취향이 아니면 관계를 가지지 못한다.

“연쇄살인과 마찬가지로 자신에게 맞는 타입의 희생자를 고르려고 하는 게 아동 성범죄자들이야.”

당장 인터넷에서 마이클 타이선 같은 선수의 어린 시절 사진을 보면 말이 어린 시절이지 조폭이라고 해도 믿을 정도로 건장하다.

그런 건 나이는 맞을지언정 절대 아동 성범죄자의 취향에는 맞지 않는다.

“그러면 거기서 어떻게 고를까?”

“사진이군.”

오광훈은 바로 알아차렸다.

"여기에 한국식의 미러 룸 같은 건 없을 테니까. 그렇다고 끌고 다니면서 고르게 할 수는 없는 노릇일 테니 결국 남은 건 사진뿐이네."

노형진이 미소를 지었다.

"사진 정도면 상관없지 않을까?"

"사진요?"

"네."

사진을 들이미는 건 아이들의 정서적 문제와는 전혀 상관없는 일이다.

그리고 그 사진을 가지고 들어갔을 때 그 안에 그 경찰이 자리 잡고 있다면, 그것만으로 확실한 아동 성매매 범죄가 성립한다.

"아! 그러네요! 사진을 고르면 그건 더 이상 어떻게 아니라고 발뺌을 못 하겠네!"

"그리고 그 사진에서 어차피 촬영자를 골라야 하니까."

하나의 문제가 해결되자 다른 문제도 마치 실타래 풀리듯 다 풀려 갔다.

"촬영할 때 못해도 한 사람 이상은 들어갈 거야. 촬영 장비를 가지고 들어가야 하니까. 그러면 그걸 사전에 물어보는 건 당연한 거지."

어떤 아이와 촬영할 것인가의 문제.

아무리 공범이라고 해도 거부하는 사람들도 분명 있을 것이다.

몸에 흉터가 있다거나 다른 누군가가 쉽게 알아볼 수 있는 신체적 특징이 있는 경우는 더더욱 그럴 것이다.

"그러면 답이 나오는군요."

어디서 촬영할 것이냐고 물어보면 당연히 고를 테고, 그 자체 진술만으로도 영상을 촬영한다는 가장 확실한 증거가 될 것이다.

더군다나 그들은 진짜로 촬영하기 위해 카메라를 가지고 들어갈 것이다.

"물론 그들을 기다리는 건 경찰이겠지만요."

노형진은 피식 웃으며 말했다.

"사진이 문제인데……."

"사진은 아마도 있을 겁니다. 경찰에서 사진첩을 찾았다고 하더군요."

"역시나."

능 프라싯의 집에서는 아이들의 사진이 발견되었다.

그리고 그 아이들의 구출은 끝났다.

"그렇다면 그 사진을 쓰는 데에는 문제가 없겠군요."

"아무도 특별한 문제는 없을 겁니다."

조식호는 고개를 끄덕거렸다.

"바로 경찰에 연락하도록 하지요. 그 사진을 가지고 내일

아침에 바로 작업 시작하겠습니다."

"방도 구해 놔야 할 겁니다. 도심지에서 할 것 같지는 않으니, 시골의 호텔을 찾아봐야 할 겁니다."

"바로 이야기하지요."

드디어 그들의 마지막을 선고할 시간이 되었다.

◈

"이 아이로 하지, 뭐."

남자는 열한 살쯤 되어 보이는 여자애를 골랐다.

"와꾸도 괜찮은 것 같으니 이 아이로 하자."

촬영할 아이를 골라 달라는 말에 익숙하게 사진첩을 돌려가면서 아이들을 고르는 성범죄자들.

'노형진이라고 그랬나? 그 변호사의 예상이 맞았군.'

이게 한두 번이 아닌 듯 실로 익숙한 손놀림이었다.

능 프라싯의 집에서 사진이 나왔을 때 이걸 왜 가지고 있는지 궁금했는데 이런 목적일 줄이야.

"이 정도 골랐으면 된 것 같군."

능숙하게 사진첩에 표시해서 넘기는 사람들.

"바로 준비하겠습니다. 오늘 저녁에는 들어가실 수 있을 겁니다."

"내일도 기대해도 되는 거지?"

"원하시면 얼마든지요."

가이드로 변장한 경찰은 속으로 중얼거렸다.

'나도 얼마든지 네놈들을 감옥에 넣어 버릴 테니까.'

그렇게 사진첩을 가지고 나온 그는 상부에 그걸 넘겼다.

물론 진짜로 준비하기 위해서는 아니다.

그건 그들이 아이들을 골랐다는 가장 강력한 증거이기 때문이다.

경찰들은 그들을 체포하기 위해 모든 준비를 다 하기 시작했다.

같은 시각, 노형진은 미리 준비된 호텔을 바라보고 있었다.

"능 프라싯의 거래 내역을 보고 다시 잡은 곳입니다. 그들이 여기에 와 본 적이 있을지는 모르겠지만."

하지만 아마도 그들이 갔던 곳들은 대부분 이곳과 비슷한 성향을 가지고 있을 가능성이 크다.

"이 정도면 충분히 속겠네요. 카메라 같은 건 준비가 다 되었나요?"

"지금 설치 중입니다. 그리고 방마다 한 명씩 경찰이 들어가 있을 겁니다."

물론 바깥쪽에도 경찰이 있을 것이다.

정확하게는, 그들이 호텔 방 안으로 들어가는 순간 숨어 있던 방에서 튀어나와 입구를 막을 것이다.

"동원된 경찰만 해도 백 명이 훨씬 넘으니까 그놈들이 어디로 도망가진 못할 겁니다."

그렇게 말하는 태국의 경찰은 매우 분노한 듯 보였다.

하긴 아무리 셋업 범죄를 하는 부패한 경찰들이 있다지만 그래도 이들은 자국민을 보호하는 경찰이다.

해외에서 자국으로 들어온 아동 성범죄자들이 좋게 보일 리가 없다.

그렇게 모든 준비가 끝난 뒤.

그들이 왔다.

"들어가는 것 같네요."

버스가 도착하고, 놈들이 각자 정해진 방으로 올라가는 게 보였다.

남자 세 명은 카메라에 삼각대까지 준비해서 올라가고 있었다.

"저놈들이 그놈들인 것 같군요."

잠시 후 자신들에게 벌어질 지옥을 꿈에도 생각하지 못한 자들은 너도나도 열쇠를 받아서 각자의 방으로 들어갔다.

이어 방 안에 설치한 카메라와 연결된 기기에서 들려오는 목소리.

─아가야, 어디에 있니?

-그런다고 나오겠어?

-그죠? 하하하.

-뭐, 침대 아래에 숨어 있지 않겠어? 매번 그랬잖아.

아주 당연하다는 듯 말하는 세 사람.

화면 속에서 그들이 천천히 침대로 다가가 침대 아래로 늘어트려진 이불을 걷어 올리는 것이 보였다.

그러나 그들은 이내 멈출 수밖에 없었다.

그리고 그와 동시에, 건물에서 찢어지는 비명이 터져 나오기 시작했다.

-뭐야!

-이거 안 놔?

-까아악!

-함정이다! 튀어!

거의 동시에, 경찰들이 그들을 때려잡기 위해 튀어나온 것이다. 그들의 예상대로 침대 아래나 화장실 같은 데 숨어 있다가 말이다.

물론 그들은 다급하게 도망가려고 했지만 불가능했다.

쾅쾅, 문이 부서져라 두들기는 인간들.

이것이법이다

−문 열어! 문 안 열어?

건물 안에서 들리는 목소리에 노형진은 피식하고 웃었다.
"나이스 타이밍."
촬영 중인 카메라에서 송출되는 영상에는 별의별 모습이
다 있었다.
주저앉는 사람.
비명을 지르는 사람.
도망가려고 문을 두들기는 사람.
저항한답시고 주먹을 휘둘렀다가 도리어 신나게 처맞는
사람.

−어어…….

특히 촬영하러 들어갔던 놈들은 어쩔 줄 몰라 하면서 뒤로
주춤주춤 물러나는 게 보였다.
침대 아래에서 기다리고 있었던 것은 어린 소녀가 아니라
경찰들이었는데, 그들은 범죄자의 머리에 정확하게 총을 조
준하고 있었기 때문이다.

−움직이면 쏜다. 농담 아니야.

어눌한 한국말.

실제 그런 말을 하지 않아도, 차가운 총구가 보여 주는 감성은 일종의 보디랭귀지처럼 충분히 의미를 전달해 주고 있었다.

-이런 씨발.

결국 힘없이 주저앉는 사람들.

그걸 보면서 노형진은 빙그레 웃었다.

⚖️

아동 성범죄자들이 우르르 잡혀 오자 태국 경찰은 난리가 났다.

그들은 통역이 가능한 사람들을 모조리 동원해서 그들을 취조하기 시작했다.

"이제 여기는 대충 정리된 것 같지?"

태국에서 촬영하던 놈들은 잡았으니 한국에서 촬영하던 놈들이 남았다.

"이번에 들어온 놈들이 무슨 해방인지 뭔지 하는 놈들이지? 그놈들이 끝은 아니겠지?"

"그럴 거야. 다만 비밀 조직이니만큼 저놈들이 입을 좀 열어 줬으면 좋겠는데."

하지만 그들은 입을 꾹 다문 채 절대 아무 소리 하지 않았다.

"일단 저놈들을 족치다 보면 한국에 있는 아동 성범죄자들이 줄줄이 감자처럼 나오겠지."

느긋하게 호텔의 의자에 기대앉아서 미소를 짓는 노형진.

"이참에 한국에 있는 그런 미친놈들을……."

그가 막 말을 하려는 찰나, 누군가 호텔 방문을 두들기는 소리가 들렸다.

노형진은 그 누군가를 문 너머로 확인하고는 문을 슬쩍 열었다.

"조식호 변호사님, 이 시간에 어쩐 일이십니까?"

"그게, 긴급 의뢰가 들어왔습니다."

"긴급 의뢰요?"

"네, 잠시 이야기 좀……."

안으로 들어온 조식호는 목이 바짝바짝 마르는지, 들어오자마자 생수를 하나 따서 벌컥벌컥 들이켰다.

"도대체 무슨 일입니까, 긴급 의뢰라니? 우리가 모르는 사이에 뭔 일이라도 벌어지고 있는 겁니까?"

"우리가 모르는 사이에 벌어진 게 아니고, 우리가 아는 사건입니다."

"우리가 아는 사건?"

노형진은 잠깐 생각하다가 문득 드는 가능성에 설마 하는 생각이 들었다.

　　"혹시 그 아동 성범죄자들이 의뢰한 겁니까?"

　　태국에서 믿을 만한 변호사를 찾는 것은 쉬운 일이 아니다.

　　하물며 그들은 한국에서 태국까지, 인신매매 된 아이들에게서 성 구매를 하기 위해 온 놈들이다. 아무리 돈이 좋다고 하지만 그걸 좋게 생각할 변호사는 없다.

　　그렇다면 변호를 과연 누구에게 맡겨야 할까?

　　"그건 아닙니다."

　　"그러면 다행이군요."

　　"대신에 대사관에서 왔습니다."

　　"네?"

　　"한국 대사관에서 이번 사건을 담당해 달라고 다급하게 부탁해 왔습니다."

　　노형진은 말이 나오지 않아 한참을 입을 열지 못했다.

　　그러다 한참이 지나서야 간신히 입을 열었다.

　　"대사관요? 제가 아는, 그 태국에 있는 한국 대사관요?"

　　"맞습니다."

　　"그놈들이 갑자기 와서 이 사건을 맡아 달라고 했다고요?"

　　"네, 그렇습니다."

　　"아니, 뭔 개소리야?"

　　뒤에 있던 오광훈도 어이없다는 듯 말했다.

"다른 건 한국 사람들이 뒈지든 말든 신경도 쓰지 않던 놈들이 웬일이래?"

오광훈의 빈정거림.

노형진 역시 격하게 공감이 되었다.

일하지 않는 것으로 유명한 대한민국의 대사관이 갑자기 열일 하기 위해 변호사까지 선임한다?

'이건 뭐 말이야, 방귀야?'

물론 사무 규칙 등으로 무조건 변호사를 선임해 주도록 내부적으로 정해져 있다면 그건 당연히 해야 한다.

노형진이 그들을 잡은 것과 별개로, 그들의 재판을 받을 권리는 보호받아야 하기 때문이다.

하지만 지금까지 태국에서 수많은 피해자와 가해자가 발생했지만 태국의 대사관은 단 한 번도 나서서 문제를 해결하려고 한 적이 없었다.

그들은 파티에 바쁠 뿐이지, 일하려고 하는 놈들이 아니니까.

그런데 지금 이 순간, 갑자기 범죄자들을 돕기 위해 변호사를 선임한다?

"별다른 말은 없었습니까?"

"없었습니다. 아무래도 우리가 배후에 있다고는 생각하지 못하는 것 같기는 합니다만."

"당연히 그렇겠지요."

현실적으로 배후에 노형진과 새론이 있다고 의심할 이유

조차 없다.

사건을 해결하는 과정에서 노형진이 전면에 나선 적은 단 한 번도 없으니까.

"체포된 사람들이 너무 많아서 그런 걸까?"

"아닌 것 같은데?"

물론 피해자들이라면 이해가 간다.

하지만 대사관의 기본적인 방침은 간단하다.

우리는 타국의 법을 존중한다는 말.

하지만 타국의 법을 존중하는 것과 자국의 국민을 보호하는 것은 전혀 다른 문제다.

법을 존중한다면 그 나라의 판결을 따르는 게 맞지만, 그 과정에서 억울한 재판이 벌어지지는 않게 하는 게 대사관의 임무다.

"하지만 단 한 번도 대한민국의 대사관은 그런 행동을 한 적이 없는데."

어떤 사람이 해외에서 감옥에 가게 되었는데 그 나라 대사관에서 한 말이 '그 나라의 말을 배울 수 있는 기회이니 좋게 생각하라.'였던 것처럼, 한국 대사관의 기본적인 생각은 고작 그 정도다.

"그 범죄자들 중에 정치인이나 힘이 있는 자들의 가족이 있는 거 아닐까?"

"그럴 수도 있지만……."

확실히 그런 경우라면 저들이 저럴 수도 있다.

"어떻게, 받아들일까요?"

노형진은 턱을 문지르면서 생각에 빠졌다.

"받아들인다라……."

그러면 참으로 웃기는 일이 된다.

그들을 잡아넣은 건 사실상 새론인데, 새론이 사건을 변론하는 꼴이 되니까.

"아니요. 거절합시다."

"거절요?"

"네. 느낌이 안 좋습니다."

단순히 그림이 이상하다는 정도의 문제가 아니다.

상황에서, 왠지 느낌이 이상하다는 강렬한 경고가 오고 있었다.

"우리가 나중에 고발했다는 사실이 알려지면 도리어 우리가 욕먹게 됩니다. 그러니 차라리 사건을 거부하는 게 맞습니다."

"하지만 대사관에서……."

"그게 이상한 겁니다."

보통 대사관에서는 이런 사건에 끼어들 리가 없다.

더군다나 이번 사건은 이미 증거가 확실하게 잡혀 있는 상황이다.

그들이 아동 성범죄자라는 혐의를 벗어날 방법은 없다.

"물론 아까 말한 대로 정치인이나 유력인의 가족이 있을 수도 있겠지만…….".

이내 노형진은 고개를 흔들었다.

"사실 그 가능성은 높지 않습니다."

상식적으로 그런 인간들이라면 조용히 혼자서 움직이는 걸 선호한다.

자칫 누군가와 잘못 엮이면 심각한 약점이 되기 때문이다.

설사 그런 자들이 놈들 사이에 섞여 있다고 하더라도, 대사관에서는 정치적 거래를 통해 그만 조용히 꺼내려고 하지 이렇게 요란스럽게 행동하지는 않는다.

실제로 모 대통령의 보좌관이 미국에서 강간을 시도했다는 의심을 받았을 때 한국 정부는 막대한 정치적 양보를 해서 그의 혐의와 처벌을 낮춰 준 적도 있었다.

"그러면 우리가 모르는 뭔가가 있는 건가요?"

"우리가 모르는 뭔가라…….".

곰곰이 생각에 잠겨 있던 노형진은 문득 어떤 느낌을 받았다.

"지금 있는 대사가 어느 시절의 대사죠?"

"네? 그게 무슨 말씀이신지?"

"현 태국 대사 말입니다, 발령을 언제 받았습니까?"

"제 기억이 맞으면 재작년에 받았습니다."

"재작년이면…….".

홍안수가 발령한 시점이다.

그리고 지금은 박기훈이 대통령이다.

"설마……."

노형진은 한 가지 가능성이 생각났다.

그리고 슬며시 입꼬리가 위로 올라갔다.

비릿한 비웃음.

"그렇게 꼼수를 쓴다면, 우리도 대응해 줘야지, 후후후."

⚖

한국으로 돌아온 노형진은 청와대에 연락해서 만남을 청했다.

물론 일반적으로 대통령은 그렇게 쉽게 만날 수 있는 사람이 아니다.

하지만 노형진이 그를 도와준 것도 있었고, 마이스터의 대리인으로서 가진 힘도 있었기에 자리를 만드는 것은 어렵지 않았다.

그리고 공식적으로 그는 청와대의 자문 위원 중 한 명이니까.

전문가들로 구성된 자문 위원의 도움을 받는 것은 정책을 결정할 때 꼭 필요한 과정이기 때문에 중요한 일이라고 하면 가끔은 독대도 가능하다.

그렇게 잡은 약속.

노형진은 오광훈을 데리고 청와대로 들어가면서 그에게 현재의 상황을 설명해 줬다.

"현재 청소는 내부 위주로 벌어지고 있지."

한국 내부만 해도 청소할 게 너무 많다.

검찰, 경찰, 법원, 기자 그리고 그 당시에 선발된 고위 공직자들과, 숨어서 배반을 시도하고 있는 친일파 세력.

"그렇다 보니 해외의 공관은 사실 순위에서 밀릴 수밖에 없어. 하지만 결국 언젠가는 정리될 수밖에 없지."

그리고 그 정리가 이루어지면, 당연히 각 나라의 대사들은 실업자가 된다.

더군다나 이는 단순히 해직의 문제가 아니다.

업무와 관련해서 성실도에서부터 뇌물을 받았는지 여부 등등을 따져서, 처벌할 것은 처벌하면서 사건을 정리하려고 할 것이다.

"현 태국 대사가 홍안수 시절에 선발된 사람이라면 그 수명이 얼마 남지 않았다는 거지."

물론 진짜 죽인다는 것은 아니다.

하지만 공직에서 쫓겨나는 것은 확실하다는 의미다.

"그거랑 이번 사건이랑 무슨 관계야?"

"간단해. 잘 있던 자리에서 쫓겨나게 되면, 그렇게 만든 자에게 복수를 하고 싶어지는 게 당연하겠지? 그렇다면 태국 대사가 현 정권에 할 수 있는 복수는 뭘까?"

"으음?"

"IMF를 생각하면 답이 나와."

"아…… 욕먹게 하는 것?"

"정답."

정작 IMF를 일으킨 정치인들은 어떠한 처벌이나 보복도 받지 않았다.

그걸 일으킨 자들은 막대한 돈을 해 처먹었다.

그리고 그 과정에서 정권이 바뀌었다.

바뀐 정권은 그들이 싸 놓은 똥을 치우기 위해 나라를 쥐어짜야 했고, 정작 똥을 싸 젖힌 놈들은 나라를 망하게 한다며 그들을 몰아붙였다.

그렇다고 해서 그 IMF의 발생에 대한 책임을 졌느냐?

그것도 아니다.

그에 대한 책임을 물으려고 할 때마다 그들은 정치 보복, 정치 탄압이라며 거품을 물었고, 언론은 그들과 손잡고 특정 정당과 세력에 충성을 바치면서 자신들의 이권을 유지하려고 했다.

"이번도 마찬가지야."

노형진은 그렇게 말하면서 잠시 생각에 빠졌다.

'원래 역사에서도 그랬지.'

원래 역사에서는, 친위 쿠데타까지 발생하지는 않았지만 탄핵은 이루어졌다.

그러나 그 사태를 만들어 낸 자들은 제대로 처벌받지 않았고 그들이 저지른 모든 범죄는 은닉되었다.

그걸 조사하고 처벌하려고 할 때마다 그들은 똑같이 정치 탄압이다, 나라가 망한다 하며 북한과 중국에 대한민국을 가져다 바친다고 하며 게거품을 물었다.

"일종의 전략적 후퇴인 셈이야."

권력을 빼앗길 것 같으면 아예 경제나 사회를 작살을 냄으로써 그 수습을 강제하고, 그 과정에서 문제가 생기면 그걸 물어뜯어서 다음 선거에서 다시 정권을 차지하는 것.

선거판에서는 흔하게 있는 일이었다.

"대한민국의 대통령은 현재 박기훈이야. 그러면 이런 문제에 대해 정부에서 변호사를 선임한다 뭐 한다 하는 소리가 나오면 무슨 말이 나올까?"

"대통령하고 현 정권을 욕하겠네."

답은 간단하게 나왔다.

국민들은 그가 홍안수 시절에 보내진 대사라는 것을 모른다.

그저 대사관에서 아동 성범죄자들을 보호하기 위해 변호사를 선임했다는 것만 알게 될 것이다.

"한국 대사관의 무능에 대해서는 대한민국 대부분의 사람들이 알고 있지. 그 상황에서 그들만 보호한다는 이미지를 만들면 현 정권에 대해 욕을 하게 할 수도 있지."

이러한 욕을 차곡차곡 쌓아 가면서 나중을 대비하다가 선거철이 되면 몰아붙이는 거다.

아동 성범죄자들을 보호하는 정권이라는 식으로 말이다.

"많은 사람들이 착각하는 거지."

대통령이 바뀌면 정권도 바뀐다고.

하지만 대통령은 그저 대표 중 한 명일 뿐이다.

그 대통령에게 죄를 뒤집어씌우고 정권을 재창출하는 것은 아래에서 일하는 사람들의 일이다.

"실제로 자유신민당이 정권을 잡았을 때 가장 먼저 하는 것이 자신들과 안 맞는 자들을 무조건 처벌하고 쫓아내는 거야."

자기들이 그 짓거리를 할 때는 언론이 입 닥치고 있지만 민주수호당이 할 때는 권력 남용이라고 탓한다.

"그러면 저들이 욕먹게 하기 위해 저런다는 거야?"

"그래. 어차피 태국 대사는 오래 못 할 테니까."

아마도 조만간 그만둬야 할 때가 올 것이다.

"그런데 이게 참 애매하거든."

과연 그가 변호사를 선임해서 아동 성범죄자들을 보호하는 것이 불법이나 월권행위냐 하는 문제.

실제 엄밀하게 말하면 불법이나 월권은 아니다.

"원래대로라면 대사관이 해야 하는 일이야."

다만 그동안 다른 피해자들에게는 가만히 있었다는 게 문제일 뿐, 자국민의 보호는 대사관의 고유 업무 중 하나다.

"그런 상황에서 저들이 저런다고 해서 문제가 되지는 않지."

즉, 저런다고 해서 태국 대사를 처벌할 방법은 없다는 거다.

"그러니 우리가 '선빵'을 해야지."

그렇게 청와대 안으로 들어간 노형진과 오광훈.

잠시 후 그 둘은 대통령과 함께 자리했다.

"자네하고는 자주 보는 것 같군."

"반갑지 않으신가 보네요?"

"자네가 커피 마시러 온 건 아닐 테니까."

노형진이 청와대까지 온다는 것은 뭔가 문제가 있다는 뜻이다.

노형진이 만나자고 했든 아니면 청와대에서 불렀든 말이다.

"그래, 자네가 할 말이 뭔가?"

"사실은……."

노형진은 박기훈에게 태국에서 벌어지는 사태에 대해 이야기해 줬다.

그 말을 들은 박기훈의 입에서 욕설이 튀어나왔다.

"더러운 놈들."

"뭐, 더러운 놈들 천지지요."

노형진은 고개를 끄덕거렸다.

"그런데 아직 나한테는 그런 보고가 들어오지 않았는데."

"일단 변호사가 선임되지 않고 있습니다."

"어째서? 단순히 새론에서 거부했다는 이유로 그들이 변호사를 선임하지 못하는 것은 아닐 것 같은데?"

"그들이 저지른 범죄가 워낙 강력 범죄라서요."

태국 내에서도 진짜 심각하게 문제가 될 만한 범죄이고, 그 때문에 그게 드러나면 태국의 많은 사람들이 들고일어날 만큼 심각한 문제가 되는 상황이기도 하다.

"그거랑 변호사랑 무슨 관계인가?"

"태국은 한국과 다릅니다. 총기가 제법 자유롭게 유통되고 있는 나라입니다. 만일 사건을 잘못 받았다가 진짜 극단적인 사람에게 찍혀 버리면 머리에 총을 맞을 수도 있거든요."

범죄자들을 변론하는 변호사들에 대해 좋게 생각하지 않는 사람들은 넘쳐 난다.

다만 그들이 없는 죄를 만들어 내는 것 또한 막기 때문에 다들 필요하다고 인식할 뿐이다.

"하지만 이 경우는 이야기가 다르지요."

죄는 확정적인 상황이고, 도무지 용서할 수 없는 조건의 일이었다.

"그런 상황에서 섣불리 사건을 받을 수는 없겠지요."

그 때문에 아직 변호사를 구하지 못한 상황이다.

그래서 제대로 보고나 신고도 하지 못했고.

"그리고 예상대로 죄를 만들어 뒤집어씌우는 게 목적이라면, 설사 구한다고 해도 아마 청와대에는 보고서가 올라오지 않을 겁니다."

"후우, 틀린 말은 아니군. 군부대도 그 지랄인데."

군 내부는 쿠데타에 연루되어 그렇게 많은 놈들이 목이 날아갔음에도 불구하고 박기훈에 대해 적대적인 분위기를 이어 가고 있다.

얼마 전에도 주요 보고 안건을 고의로 누락시키면서 현 대통령인 박기훈을 대통령으로 인정하지 못하겠다는 모습을 보여 준 게 현재 군대의 상황.

군 통수권자인 대통령에게 국방부와 장군들이 대놓고 반기를 드는 모습이 여기저기서 보이고 있었다.

"어떻게 조져야 할지 모르겠어. 전 정권에서 임명한 장군이라고 무조건 쳐 낼 수는 없지 않나. 그렇게 되면 또 친위 쿠데타를 하려고 하는 거 아니냐는 이야기가 나올 테니까."

홍안수가 싸지른 똥 때문에, 정작 정리해야 하는 부패한 장군들을 정리하는 게 쉽지 않은 상황.

노형진은 그 말에 빙긋 웃었다.

사실 군은 부패할 대로 부패한 세력이다. 당연히 정리하려고 하면 못 할 이유는 없다.

다만 그 방법을 모를 뿐이지.

"제가 팁 하나 드릴까요?"

"또?"

"또가 아닙니다. 제가 군 내부를 얼마나 청소했는지 모르시나 보군요."

"모를 리가 있나?"

군대에서도 노형진이라면 이를 박박 가는 게 현실이다.

"팁이 뭔가?"

"재고를 확인해 보세요."

"재고? 이미 그건 몇 번이나 확인했네. 자네도 그걸 횡령하거나 빼돌린 사람들을 모조리 반역 혐의로 고발하지 않았나?"

군이라는 특성상, 그들이 물건을 횡령하는 행위는 단순 횡령이 아니라 사보타주로 볼 수 있다.

더군다나 한국은 전쟁 중인 상황.

그런 자들을 모조리 반역 혐의로 고발하고 처벌한 결과, 대부분의 그러한 범죄들은 모조리 척살되었다.

그들이 대통령을 인정하지 않고 말을 듣지 않는 것과는 별개로, 지금 있는 자들은 그래도 나름 깨끗한 수준이다.

"제가 말씀드리는 건 불출을 하라는 겁니다. 각하께서 재고 조사를 명령하셔도 결국 실제로 하는 건 국방부 관계자들 아닙니까? 당연히 무조건 재고를 맞춰서 보고서를 올릴 겁니다. 하지만 불출을 하게 되면 이야기가 달라지지요."

"불출?"

불출은 필요한 돈이나 물품을 내주는 것을 말한다.

"군에 다녀오지 않으셨나요?"

"다녀왔지."

"그러면 군 내부에 남아 있는 노르망디의 수통에 대해 어떻게 생각하십니까?"

노르망디의 수통은 군대에서 오가는 오래된 농담이다.

군에서 보급된 수통이 얼마나 오래됐던지, 과거에 미군이 쓰던 수통도 군에 있는데 심지어 그걸 아직도 쓰는 부대가 있다.

오죽하면 병사들이 수통에서 노르망디의 물맛이 난다고 할까?

"공식적으로 군 내부에서는 전군의 수통을 새것으로 바꿔줄 수 있는 정도의 물자를 비축하고 있습니다. 그런데 그걸 불출하지 않고 있지요."

그냥 꾸역꾸역 쌓아 두고 있을 뿐이다.

"제가 알기로는, 모든 수통을 전부 새걸로 바꿨다는 뉴스를 벌써 10년도 전에 봤습니다만."

하지만 지금도 제대하는 사람들에게 물어보면 노르망디 수통을 썼다는 사람들이 적지 않다.

참고로 노르망디상륙작전은 1944년에 있었던 일이다.

"참고로 군 내부에서 수통은 계속 구입 중입니다."

군 내부에서는 10년 전에 구입한 수통을 아직도 치장 물자라고 쌓아 두고 있다.

그렇게 수십 년 동안 치장 물자로 쌓아 두기만 한 끝에 결국 못 쓰게 된 것도 어마어마하게 많다.

"하긴 내가 국회의원을 할 때도 그런 문제는 자주 터졌지."

국회의원들이 뭐라고 할 때마다 군 내부에서는 전쟁용 치장 물자라고 주장했다.

"그런데 거기에는 논리적오류가 있는 거 아십니까?"

"논리적오류?"

"전쟁이 터지면 병사들에게 지급해야 하는 치장 물자라는 건, 결국 당장 써도 상관없다는 겁니다."

1941년이라 각인된 수통을 지금도 쓰고 있다.

이를 반대로 말하면, 새로운 수통을 열어서 지급해도 그걸 전쟁 중에 쓰지 못한다는 건 말이 안 된다.

수통은 총처럼 소모가 빠른 소모품이 아니다.

소총 같은 경우는 강선과 내구도 문제가 있어서 전쟁 중 교전하다 보면 종종 바꿔야 하지만, 전쟁 때 담는 물이나 지금 담는 물이나 물은 물일 뿐이다.

"그런데 왜 치장 물자라고 쌓아만 두고 풀지 않을까요?"

"설마?"

"설마가 맞습니다. 둘 중 하나죠."

수량이 맞지 않거나 품질이 맞지 않는 거다.

그런데 그걸 뜯어서 풀어 버리면 그 사실이 발각되니까 치장 물자라고 하면서 그저 쌓아만 두는 거다.

"그걸 제대로 불출하면 분명 문제가 생깁니다."

온갖 비리가 다 벌어지는 군대다.

그나마 바로 쓰는 물건들, 즉 전차나 배 같은 경우는 바로 바로 걸리겠지만 불출이라고 쌓아 두고 10년, 20년 동안 안 푸는 물건들에 얼마나 많은 비리가 얽혀 있을지는 알 수가 없다.

"더군다나 그런 경우는 재고 파악을 하려고 해도 쉽지 않지요."

가령 박스 하나에 수통이 스무 개가 들어가야 하는데 열여덟 개만 넣어 두고 두 개씩 빼돌린다면?

불출되지 않는 동안에는 그건 절대로 걸리지 않는다.

"불출 명령은 대통령의 국군 통수권자로서의 명령입니다. 그들이 아무리 거부하고 싶다고 해도 할 수가 없지요."

지금까지 이런 걸 대통령이 명령을 내린 적은 없다.

하지만 내리면?

그때는 안 나눠 줄 수가 없다.

"심각하겠군."

군을 다녀오고 국회의원까지 한 박기훈은 그 명령이 초래할 파급력을 알아차렸다. 지금까지 수십 년 동안 쌓여 온 온갖 적폐들이 다 터질 것이다.

"조언이 아니라 다른 일거리를 주는 것 같긴 하네만…… 하여간 고맙게 받아들이도록 하지. 그래서, 그런 조언까지 해 주는 걸 보니 원하는 게 있나 본데."

"태국에 선빵을 때려 주십시오."

"뭐? 선빵?"

"저들은 어떻게 해서는 대통령 각하가 욕을 먹게 하려고 할 겁니다. 나중에 가면 아동 성범죄자를 옹호하는 정권이라고 씹어 대겠죠."

"흔한 방법이니 부정은 못 하겠네만."

박기훈은 고개를 끄덕였다.

"그렇게 당하는 대신에, 대통령 명령으로 그들에게 변호사 선임을 명령해 주십시오."

"뭐? 그들이 나를 욕먹이기 위해 하려는 일이 바로 변호사 선임 아닌가?"

"맞습니다. 하지만 그걸 바꾸는 건 각하의 능력입니다."

"바꾼다고?"

"이참에, 문제가 발생할 시에 변호사의 선임을 아예 대사관의 공식 업무로 넣어 버리는 겁니다."

"아!"

지금까지 변호사의 선임은 대사관의 공식 업무가 아니었다.

그 때문에 한국 사람이 억울한 피해자가 되어도 대사관의 직원들은 파티를 쫓아다니면서 술을 처마시는 데에만 정신이 팔려 있었다.

"하지만 범죄자를 보호하기 위해 변호사를 선임하게 하면, 이후에는 다시는 그런 짓을 못 할 겁니다."

지금 변호사를 선임하는 것은 주태국 한국 대사가 마음대로 벌인 짓이지만, 앞으로는 각 나라 대사의 결정이 아니라 대통령 명령으로 벌어지는 일인 만큼 전처럼 행동하지는 못하게 된다.

"단기적으로는 손해처럼 보이지만 장기적으로는 국민들에게 이득이 될 겁니다."

"그렇기는 하겠군. 그래도 문제는 있어 보이는데."

박기훈은 자신이 권력을 잃어버리는 것에 대한 두려움은 없다. 하지만 개혁을 하기 위해서는 국민들의 지지가 절대적으로 필요하다.

"그럴 때는 저들이 잘 써먹는 걸 이용해서 눈을 가리면 됩니다."

"잘 써먹는 것?"

"그렇습니다."

노형진은 미소를 지으며 말했다.

"사람들이 좋아할 만한 걸로 싸움을 걸기 시작하는 겁니다. 저들이 이쪽에 죄를 뒤집어씌우는 것을 노린다면 우리는 그 반대를 노리는 거지요."

"그게 뭔데?"

"바로 '죄인 수출'입니다."

⚖️

얼마 후 박기훈은 이번 사건에 대해 공식적으로 발표했다.

스무 명의 아동 성범죄자들이 나타났으며, 그들이 범죄자로서 태국에서 재판받게 되었다는 것. 그리고 태국에 있는 주태국 한국 대사관을 통해 변호사 선임을 해 주도록 했다는 것.

이어 추후 해외에서의 모든 사건에 대해 한국 대사관에서 변호사와 계약해서 선임해 주거나 법률적 지원을 받을 수 있는 방법을 강구할 것이라는 발표를 했다.

아동 성범죄자를 보호한다고 물어뜯으려던 자유신민당은 한 방 먹은 눈치가 되었다.

그들만 보호하는 게 아니라, 지금까지 보호받지 못하던 해외 국민들을 모두 보호하겠다는 취지였으니까.

물론 그걸 곡해해서 어떻게든 물어뜯으려고 했으나, 애석하게도 노형진의 말대로 박기훈은 새로운 방법으로 그 또한 해소해 버렸다.

바로 다른 문제를 던져 주는 것으로 말이다.

-또한 이번 기회를 이용하여 태국 등 제3국에 범죄자들을 수출하는 것에 대해 진지하게 이야기해 보고자 합니다.

범죄자 수출.

물론 진짜로 범죄자들을 수출할 수는 없다.

그러나 일종의 속임수는 가능했다.

－한국은 현재 감옥이 부족한 상황입니다. 일부에서는 군 생활이 감옥 생활보다 더 힘들다고 이야기하기도 하고, 특정 부분에 관해서는 그 말이 사실입니다. 현재 한국에서는 그러한 교정 대상에 대한 비용 문제로 여러 가지 문제가 발생하고 있습니다. 이에 저는 새로운 해결 방안으로, 범죄자를 상대적으로 물가가 저렴한 태국 등지로 보내서 그곳에서 수형 생활을 하도록 하는 방법을 의논하고자 합니다.

어떻게 보면 말도 안 되는 소리처럼 들린다.

하지만 이런 문제에 대해 대부분의 일반인들은 좋게 판단하기 시작했다.

그들에게 있어서 범죄자란 인간 이하의 짐승들이었다.

더군다나 보내는 사람들도. 많이 보내는 게 아니라 3년 형이상의 사람들만 기준으로 한다.

3년 형 이상이면 한국에서는 강력 범죄를 저질렀거나, 사기라고 해도 수십억 단위가 아니면 나오지 않는 형량이다.

수형 생활의 외주화.

그게 기본 골자였다.

이에 태국의 수형 시설에 대해 조금이라도 알고 있는 범죄자들은 난리 법석을 떨기 시작했다.

그곳에 가면 최악의 경우 에이즈에 감염되어 죽을 수도 있기 때문이다.

"자유신민당은 이러지도 저러지도 못하네."

"당연하지. 뭘 선택해도 욕먹거든. 딱 자기들이 박기훈 대통령에게 하려던 게 그대로 자기들한테 돌아간 거지."

무조건 반대하자니 스무 명이나 되는 아동 성범죄자가 발생한 상황에서 범죄자를 옹호하는 것이냐는 말이 나올 수밖에 없고, 찬성하자니 전반적으로 그러한 외주화에 대해 국민들이 찬성하는 상황에서 결과적으로 박기훈의 정치적 치적만 늘어나는 상황이 되어 버린다.

"역으로 당했으니 당분간 시끄럽게는 못 할 거야. 이제는 우리가 할 일을 해야지."

"한국에 남은 놈들 말이구나."

태국에 잡혀 있는 놈들은 단 한마디도 입을 열지 않았다.

"아마도 같이 몰려다닌다고는 해도 결국 익명인 세계일 테니까."

그러니 말하고 싶어도 말하지 못할 가능성이 크다.

스스로를 국제아동성해방운동을 한다고 그럴듯하게 포장하고는 있으나 결국 그들이 아동 성범죄 집단이라는 것은 바뀌지 않으니, 당연히 그들 중 누가 걸릴지 알 수 없어서 차라리 서로 모른 척하는 걸 선택했을 것이다.

실제로 같이 여행을 온 놈들도 서로를 닉네임으로 부를 뿐 진짜 이름은 모른다고 하니까.

"그러면 이놈들을 어떻게 잡아들이지? 남은 놈들이 있을 거 아냐? 그놈들이 무슨 사무실 운영하지는 않을 테고."

"일단은 쇼를 좀 해 볼까 생각 중이야."

"쇼?"

"내가 왜 박기훈 대통령에게 말해서 이걸 공식적인 문제로 만들었는지 알아?"

정치적 문제는 사실 노형진이 신경 쓰지 않아도 된다. 박기훈이 그들과 싸우든 말든, 그건 그의 문제일 뿐이니까.

물론 박기훈이 다른 자들보다 조금 더 나은 건 사실이지만, 권력이 그에게 너무 집중되어도 독재로 넘어갈 가능성이 존재하니까.

"일단 대통령이 이 문제를 언급했어. 그런데 그 이후에 다른 소문이 돌기 시작하면 어떻게 될 것 같아?"

"다른 소문?"

노형진은 씩 하고 웃었다.

죽음이 두렵지 않나?

　태국에서 스무 명이나 되는 한국 아동 성범죄자들이 잡혀 들어갔다.

　그 안에는 여자까지 있다는 소문이 돌자 사람들은 극도로 경악했다.

　일반적으로 아동 성범죄자에 대해 사람들이 생각하던 이미지는 성인 남성이었으니까.

　다만 그 부분은 오해가 있는 게, 남성과 여성은 범죄 방식에서 차이가 난다.

　남성 아동 성범죄자의 경우 힘을 이용해서 강간하는 비율이 높은 반면 여성의 경우는 유혹을 통해서 관계하는 비율이 높다.

한쪽은 폭력을 이용한 강간이고 한쪽은 위계를 이용한 강간이다 보니, 상대적으로 폭력을 이용한 강간이 더 중해 보이는 것이 사실이다.

그러나 법리적으로 보면 둘 다 강간일 뿐이다.

애초에 아동 성범죄의 가장 큰 문제 중 하나가 성적 자기 결정권이 없는 어린아이들을 이용한다는 것이니까.

어찌 되었건 그러한 아동 성범죄는 모두가 혐오하는 범죄였고, 당연히 사람들은 극도로 혐오감을 드러냈다.

더욱이 그들의 직업이나 사는 곳까지 인터넷에 소문이 나기 시작하자 사람들은 당장 주변을 의심스러운 눈빛으로 살피기 시작했다.

사실 현실적인 부분에서 보면 아동 성범죄자들은 자신을 감추는 데 아주 능숙하다.

그 덕에 상당수가 멀쩡하게 생활한다.

이번에 태국에서 잡힌 일당 중에서도 사람들이 생각하는 전형적인 범죄자는 단 한 명도 없었다.

직장인, 사업가, 공무원, 심지어 초등학교 선생님까지 있었다.

그들은 철저하게 가면을 쓰고, 자신들의 정체성을 감추기 위해 결혼하고 심지어 아이들까지 낳아서 키우고 있었다.

그런데 이렇게 사회적으로 아동 성범죄자들에 대한 분노가 퍼지기 시작하는 상황에서 또다시 새로운 소문이 돌기 시작했다.

"태국에서 에이즈에 감염된 아동들을 성매매에 이용했다
는데?"

인터넷에 돌기 시작한 소문.

그 소문 때문에 한국은 난리가 났다.

"이번에 잡혀간 놈들 있잖아. 체포 과정에서 조사했는데
죄다 에이즈 환자였대."

"뭐? 그게 무슨 소리야? 박 대리, 자세하게 좀 이야기해 봐."

박 대리의 말에 입사 동기인 김 대리는 귀를 쫑긋 세웠다.

그럴 수밖에 없는 게, 태국에서 잡혔다던 그 스무 명에 회
사의 부사장이 포함되어 있었기 때문이다.

"쉬쉬하는 모양이기는 한데, 거기에서 아동 성범죄에 이
용된 아이들이 에이즈에 감염되어 있었나 봐. 그런데 그 미
친놈들이 관계를 맺었다가 죄다 에이즈에 감염되었다던데?"

"헐? 미친!"

두 사람의 대화에 점점 모여드는 사람들.

"그냥 소문이기는 한데……."

"소문이 아닐 수도 있어. 태국의 에이즈 문제가 얼마나 심
각한데."

"유명하기는 하지."

고개를 끄덕거리는 사람들.

에이즈. 걸리는 것이 곧 죽는 것이나 다름없던 시절이 있

었다.

물론 지금은 치료제가 나와 걸려도 죽는 정도는 아니지만, 말이 치료제지 현실적으로 평생을 관리해야 하는 질병이다.

아직까지 에이즈를 완벽하게 치료할 수 있는 방법은 없다.

"그런데 그 아동 성범죄자 놈들이랑 같이 다니던 놈들이 한국 내부에 있다던데."

"미친. 그건 또 뭔 소리야?"

"아동 성범죄자들은 죄다 에이즈 환자라는 소리야?"

"씨발, 이거 어디 무서워서 살겠냐?"

다들 투덜거리는 그때, 구석에 있던 남자는 손을 바들바들 떨고 있었다.

"에이즈는 개뿔. 물론 그럴 수도 있겠지. 하지만 그렇게 확 퍼지지는 않아."

노형진은 오광훈과 함께 자료를 보면서 말했다.

"에이즈는 체액 교환을 통해 감염되거든."

그래서 성관계나 키스 등을 통해 감염된다.

호흡이나 다른 걸로 감염되는 질병이었다면 아마 에이즈는 무서울 정도로 세상을 파멸로 몰고 갔을 것이다.

"그런데 이 소문은 뭐야?"

"뭐긴 뭐야, 사회적 고립을 유도하는 거지."

"사회적 고립?"

"그래. 내가 왜 그런 소문을 냈겠어? 아동 성범죄자들을 고립시키려는 거야."

물론 태국에서 성매매를 하는 사람들은 많다.

하지만 대부분은 콘돔을 끼고 한다.

"그렇다고 해도 에이즈에 관한 두려움이 완전히 사라지는 건 아니거든."

아동 성매매를 한 놈들은 에이즈에 감염되었다.

그 말은 이미 사람들의 머릿속에 박혀 있다.

"그렇다면, 이 상황에서 소문을 들은 놈들은 어떤 기분이 들까? 그리고 어떻게 해야 할까?"

"아마도 죽을 맛이겠지. 그리고…… 검사를 하고 싶어 하 겠군."

당연히 검사를 하고 싶어 할 것이다.

사실 한국에서 에이즈 검사를 하는 사람은 많지 않다.

애초에 에이즈가 많이 퍼진 나라도 아니거니와, 에이즈와 관련해서 충분한 관리가 이루어지고 있기 때문이다.

환자가 없는 것은 아니지만 그들은 대부분 관리되고 있다.

"그런데 갑자기 검사를 한다는 건 무슨 의미겠어?"

"의심스럽다는 거군."

정상적으로 그냥 태국에 갔다 온 사람이라면 문제 될 게 없다.

만일 성매매를 목적으로 갔다고 하더라도, 상대가 성인이었다면 문제 될 게 없다.

"하지만 아동 성매매를 목적으로 갔다면 이야기가 달라지지."

물론 콘돔을 끼면 99%는 감염을 막을 수 있다고 이야기한다.

"하지만 사람은 언제나 1%의 불안감을 가지고 있기 마련이거든."

1%. 작아 보인다.

하지만 백 명 중에서 한 명은 걸린다는 의미이고, 백 명 중에서 한 명은 죽는다는 의미이다.

"아마도 그놈들 사이에서는 분위기가 살벌해지겠지."

노형진은 웃으며 말했다.

"그리고 그 반응이 슬슬 나타나기 시작할 테고."

화면을 툭툭 치는 노형진.

그는 한국에 오자마자 이수종에게 국제아동성해방운동이라는 놈들의 홈페이지를 찾아 달라고 부탁했고, 얼마 지나지 않아서 실제로 다크웹에 감춰진 해당 사이트를 찾아내는 데 성공했다.

"아주 난리가 났더라."

태국으로 간 사람들이 체포되었다는 소식에 다들 뒤숭숭

한 모양이었다.

거의 매일같이 글이 올라오고 있었다.

"이미 해킹은 끝났고."

이수종은 그런 사이트를 해킹하는 걸 그다지 어려워하지 않았고 그 덕분에 적당한 계정 하나를 해킹하는 데 성공했다.

이미 한번 해 본 일이니까.

"그리고 이제 슬슬 떡밥을 던져야지."

공포는 공포를 부르는 법이다.

노형진은 그 계정을 이용해서 글을 쓰기 시작했다.

내용은 간단했다.

자신이 콘돔을 썼는데 에이즈에 감염되었다.

방금 확진받고 오는 길이다.

나는 너무 억울하다.

콘돔도 에이즈를 100% 막는 건 아니라더라.

그런 내용의 글에다, 포샵으로 만든 가짜 확진증도 하나 올렸다.

물론 이름이고 뭐고 싹 가려진 가짜였다.

"하지만 그걸로 추적할 수는 없잖아? 애초에 우리가 검사량을 다 확인하는 건 불가능하다고."

에이즈 검사를 해 주는 곳은 많다.

일반 병원은 규모가 조금만 크면 다 검사해 주고, 종합병원과 보건소는 어디에서나 다 검사해 주며, 드러내기가 싫다면 헌혈할 때 요청해도 검사해 준다.

"아무리 검사자가 갑자기 늘었다고 해도 그걸로 추적해서 잡는다는 건 불가능하다고."

"알아. 내가 노리는 건 그렇게 조사하는 게 아니야. 이쯤 되면 놈들은 행동이 이상해질 수밖에 없어. 생각해 봐. 일반 적으로 사회생활을 하는 사람들이라면, 다른 나라에 여행을 가는 걸 주변에서 알지."

당장 회사에 다니는 경우 휴가를 내지 않으면 여행도 불가 능하기 때문에 회사에서도 알 테고, 가족들도 여행 가는 걸 알 것이다.

"그리고 그런 놈들은 태국에 유독 자주 가겠지."

많은 사람들이 여러 나라를 여행 다니고 싶어 한다.

같은 동남아지만 태국은 태국대로 다르고 베트남은 베 트남대로 다르고 라오스는 라오스대로 다르다.

"그런데 유독 태국에만 자주 가는 사람이 있다면, 주변에 서 어떻게 생각하겠어?"

거기에다가 최근에 불안해하는 모습까지 보인다면?

"신고가 들어오겠네."

성관계를 하지 않으면 감염될 가능성이 낮다고 하지만, 그 렇다고 해서 그 가능성이 아예 제로라는 말은 아니다.

가령 수건을 같이 쓰는 경우에도 감염의 가능성은 아주 일 말이지만 존재하며, 한국처럼 같은 밥상에 같은 그릇에 찌개를 두고 먹는 경우도 위험할 수 있다.

"주변 사람들의 공포를 자극한 거구나."

"딩동. 정답."

이 사람이 아동 성범죄자라고 의심하는 사람은 많지 않을 것이다.

하지만 그가 관련 증상에 관해 의심하기 시작하면?

그래서 불안감을 보이면?

혹시나 하는 생각에 사람들은 의심하게 될 것이다.

"그리고 우리는 그들을 잡아서 조사하면 되는 거지."

신고가 들어가면 경찰이 그를 데려다가 조사할 수 있고, 당연히 여행 기록이 나올 수밖에 없다.

아동 성범죄자들을 주변의 공포의 대상으로 만듦으로써 사회적으로 고립시키고 그들을 제보하게 하는 것.

그게 노형진의 노림수였다.

"차라리 태국에 자주 다녀오는 놈들을 싹 털어 버리면 좋은데."

"그건 인권침해 요소가 있어. 더군다나 이건 검찰의 의뢰 아니었어?"

"어? 그러고 보니 그랬네."

"끄응. 네 쪽에서 의뢰해 놓고 네가 까먹으면 어쩌냐?"

만일 검찰이 범죄를 확인하기 위해 전 국민의 여행 기록을 모조리 까기 시작하면 그건 심각한 인권침해가 되어 버린다.

당장 검찰의 민간인 사찰 문제가 터진 지 얼마 되지도 않았다.

더군다나 옛날에도 한번 걸렸던 민간인 사찰을 또 하다가 걸린 상황이다.

"그런 상황에서 모든 국민들의 여행 기록을 뒤진다고? 그때는 내가 손쓰지 않아도 검찰이 알아서 통째로 날아가 버릴걸."

그 때문에 노형진이 이렇게 머리를 써 가면서 복잡하게 사건을 수사하고 그들이 조사할 수 있는 핑계를 만들어 주는 것이다.

"아마도 조만간 검찰에 의심스러운 사람들에 대한 제보가 속속 도착할 거야."

물론 그건 의심스러운 사람들일 뿐이다.

"하지만 검찰은 제보가 들어온 이상 자연스럽게 조사할 수 있지."

검찰에서 자주 쓰는 수법이었다.

어용 신고, 즉 외부에 신고하도록 유도하거나 신고하도록 시키고는 그걸 마치 자신들은 정당하게 들어온 신고에 대해 조사하는 것처럼 행동하며 아주 영혼까지 털어 버리는 것.

"그러고 보니 전에는 잘 써먹던 방법이었는데 이제는 왜 그것도 안 하지?"

"검찰이 고개를 숙였다 해도 그게 정의를 지키겠다는 뜻은 아니야. 전에도 말했다시피 내부의 인사에 대한 정리를 하지 않으면 정권은 바뀐 게 아니야. 그저 대표자 중 한 명이 바뀐 것뿐이지."

지금 검찰이 딱 그런 상황이다.

"일단 뭐, 의뢰가 들어왔으니 분위기는 맞춰 줄 수 있는 거고."

어찌 되었건 이상 징후에 대해 사람들은 여기저기 퍼트리기 시작할 것이다.

실제로 인터넷에는 에이즈에 관련된 소문과 더불어 에이즈에 감염된 것으로 의심되는 아동 강간범들이 할 만한 행동에 대해 적혀 있었다.

그리고 그들이 조사받기 시작하면 한 명씩, 신분이 드러나게 될 것이다.

"그때부터 박멸이 시작되는 거지."

⚖

노형진의 이런 헛소문 작전이 통하지 않을 거라 생각하는 사람도 있었다.

하지만 그런 헛소문을 퍼트릴 창구는 이미 노형진의 손에 들어왔고, 그곳에서부터 점점 가짜 헛소문들이 퍼지기 시작했다.

주변에서 신고해서 발각되었다.

재판에 들어간다.

에이즈에 걸렸다.

가족에게 걸렸다.

이러한 소문들이 돌기 시작하면서 아동 성범죄자들은 불안감에 떨기 시작했고, 그러한 불안감은 일상생활의 비정상적인 행동으로 나타나기 시작했다.

그러면 그걸 보고 이상하게 생각한 주변 사람들이 그 문제에 대해 따졌고, 그들은 다급하게 꼬리를 말고 도망가거나 도리어 버럭 화를 냈다.

당연하게도 의심스러워진 사람들은 경찰에 신고했고, 경찰에서는 그들의 여행 기록을 뒤져서 그 당시에 함께 갔던 사람들에 대해 조사를 시작했다.

무척이나 단순한 과정.

하지만 그 결과는 상상을 초월했다.

"한국에 미친 새끼들이 이렇게까지나 많을 줄은 몰랐는데."

조사 결과, 단 한 달 사이에 아동 성범죄자들이 무려 천이백 명이나 잡혀 왔다.

지금까지 단 한 번도 대대적으로 털어 본 적이 없는 아동 성범죄자들이 뒷세계에서 그렇게 세력을 이루어 놨을 거라고는 누구도 생각하지 못했기에 언론에서는 이 문제를 신나게 떠들기 시작했고, 그들의 이상 징후는 점점 더 심해져만 갈 수밖에 없었다.

"이건 다 좋은데…… 이놈들이 안 잡히네."

진짜 많은 아동 성범죄자들이 잡혀 들어왔다.

처벌을 받거나 정신병원에 가기도 했다. 대부분 집에서는 의절당했고.

검찰에서는 아동 성범죄자들의 특징을 홍보하면서 자신들의 업적을 추켜세웠다.

"검찰 입장에서는 계획대로 된 것 같은데……."

단 하나, 영상의 제작자들이 잡히지 않고 있었다.

"해방 뭐시기 놈들이 아니었나 본데?"

애초에 이 모든 것은 한국 내에서 아동 음란물을 제작하는 놈들을 잡기 위해 시작된 것이다.

어쩌다 보니 그들을 발본색원하는 형태가 되었지만, 정작 그 아동 음란물을 제작한 놈들은 나오지를 않았다.

"이 아이들을 추적하자는 이야기가 나왔는데."

"뭔 개소리야?"

"아니, 검찰 내부에서 말이야. 여기에 나온 아이들은 얼굴을 안 가렸잖아. 그러니까 추적하자는 이야기가 나오더라고."

"아니, 헛소리도 작작 해야지. 요즘 검사들은 최소한의 상식도 엿으로 바꿔 먹었냐?"

열 명의 도둑을 놓치더라도 한 명의 억울한 사람을 만들지 마라, 그게 바로 법의 핵심 중 하나다.

"그런데 이 애들을 추적해서 얼굴을 공개하면? 이 애들 인생은?"

하물며 여기에 출연한 애들은 엄밀하게 말하면 피해자다.

물론 인생이 막장인 것은 사실이고 또 그 애들이 건전하게 자랐을 가능성은 높지 않지만, 그것과 별개로 그들의 인생이 있는데 추적하겠답시고 얼굴을 공개해 버리면 한국에서 그냥 죽으라는 소리밖에 안 된다.

"하지만 검찰에서는 사건을 특정해서 추적할 방법이 없다고, 아이들을 추적하자고 하더라고."

"끄응……."

방 안에 보이는 공간. 그 공간에 들어 있는 것은 어디서나 흔하게 볼 수 있는 물건들뿐이다.

그렇다 보니 아무래도 검찰 내부에서는 추적하기 위한 마땅한 방법을 찾아낼 수 없었다.

"더군다나 이놈들은 신고가 들어온 건지 이미 잡힌 건지 알 수도 없고."

촬영할 때 최대한 자신을 감췄기 때문에 그걸로 증명할 수는 없는 상황.

물론 디지털 장비로 카메라나 체형 같은 건 측정할 수 있지만, 그렇게 측정된 기록들은 언제든 변할 수 있다.

키 같은 거야 거의 바뀌지 않지만 체형이나 몸무게 같은 건 얼마든지 바뀔 수 있는 수치다.

"흠……."

노형진 역시 의자에 기대앉아 고민하기 시작했다.

'이런 걸 추적하는 방법은 모르는데.'

공간이라도 알아내면 기억이라도 읽어 보겠는데, 디지털로 돌아다니는 영상인지라 기억을 찾아내는 게 불가능했다.

그때였다.

이수종이 노형진의 사무실 문을 두들기며 나타난 것이다.

"어쩐 일이야?"

"그 기록 있잖아요."

"한국에서 촬영한 영상? 그거, 장소나 신분을 특정할 수 없다며?"

"네. 그래서 그걸 애나머스에 올렸어요."

"뭐?"

노형진은 깜짝 놀랐다.

그건 생각해 보지 못한 방법이었으니까.

'아, 그랬지.'

이수종은 애나머스 출신의 전문가다.

물론 지금은 아무래도 변호사 사무실에서 일하고 있는 터라 불법을 저지르는 것은 좋지 않다고 판단해 거의 활동하진 않았으나, 그렇다고 해서 그들과의 교류까지 끊어진 건 아니었다.

"애나머스에서 제 실력은 그다지 좋은 편이 아니었으니까요."

애나머스 안에서 엄밀하게 그의 실력 수위를 따지자면 중

하급 정도 되었다.

그 안에서 활동하는 톱클래스 해커 중에는 은행을 털어 버린 놈들도 있으니까.

"애나머스에서도 그런 사건에 관심을 가지는 애들이 있거든요."

애나머스에서 추구하는 것은 정의이며, 그걸 이룩해 내기 위해 그들은 기술을 이용할 뿐이다.

물론 그게 현대사회에서는 대부분 불법이라서 문제가 되는 것이지만.

"설마 뭐라도 알아낸 거야?"

"방금 메일이 왔어요. 물론 애초에 촬영 기기를 해킹해서 촬영한 거라 날짜나 시간 같은 건 복구 못 했지만요."

"그러면?"

"이걸 보세요."

이수종은 노트북을 가지고 와서 책상 위에 펼쳤다.

그러자 그곳으로 노형진과 오광훈의 시선이 향했다.

"이게 뭐야?"

"저도 생각 못 했는데, 바코드예요."

"바코드?"

"네."

바코드가 발견된 부분은 화면 구석에 놓여 있는 쓰레기였다.

"이건 치킨 쓰레기 아니야?"

"영상에 녹음된 말을 분석해 보니까 대충 가출한 여자애들 같은데, 합의하면서 치킨을 사 주기로 했나 봐요."

하지만 치킨 가게를 특정할 수 없어서 실패했다.

정확하게는, 가게가 워낙 많은 체인점인지라 특정이 불가능했다.

"그런데 이 봉투에 영수증이 붙어 있잖아요."

많은 집에서 치킨을 시키면 영수증을 봉투 바깥에 붙여서 보내 준다. 노형진도 그걸 발견하기는 했지만 봉투가 구겨져 있어서 자세한 지점 같은 건 보이지 않았기 때문에 특정하는 건 불가능하다고 생각했다.

"화면으로 바코드 인식이 가능한 거야? 불가능할 것 같은데."

바코드는 빛을 반사시켜서 인식한다.

바코드는 검은색의 라인을 스캐너로 읽어서 그 안의 정보를 뽑아내는 것이다.

그런데 이 화면상의 바코드는 뚜렷한 것도 아니고 상당히 먼 곳에 있기에 그러한 스캐너로 읽어 낼 수가 없었다.

"저도 그렇게 생각해서 포기했죠. 그런데 어떤 애가 그걸 해결했더라고요."

우선 카메라부터 박스까지의 거리를 재서 박스의 실제 사이즈를 추정해 인터넷에서 알아낸다.

그리고 영상 속에서 확대한 영수증의 바코드를 픽셀 단위로 재서 전체적인 사이즈를 확인한 뒤 직접 바코드를 생성해

출력한다.

그리고 스캐너에 인식시킨 것이다.

"그런 게 가능해?"

"가능하기는 하지요. 하지만 그런 프로그램은 거의 FBI급이나 되어야 있는 줄 알았는데."

고개를 절레절레 흔드는 이수종.

"저도 가끔은 이 애나머스가 무섭다니까요."

"헐."

"하여간 분석해 보니까 최종적으로 나온 수치는 이거예요. 불타는 핫 치킨, 장천점, 판매 날짜 14년 4월 6일."

간단한 정보였지만 필요한 건 다 있었다.

"잠깐만, 장천점? 불타는 핫 치킨?"

불타는 핫 치킨이라는 건 결국 메뉴고 그 메뉴를 판매하는 업체는 정해져 있다.

그리고 장천점이라는 건 그 지역이 장천동이라는 소리다.

전국에 있는 장천동은 두 곳.

그중에서 불타는 핫 치킨이라는 메뉴를 파는 가게가 있는 곳은 한 곳뿐이다.

"여기로군."

장천점의 위치가 나오자 사건이 벌어진 장소를 특정할 수 있었다.

하지만 문제는 여전히 남아 있었다.

이것이 법이다

"일단 시간이 너무 오래된 것도 그렇고……."

떨떠름한 표정이 되는 오광훈.

"여기, 모텔촌이잖아."

로드뷰에 나온 장천점 주변에는 딱 봐도 적지 않은 숫자의 모텔들이 모여 있었다. 이런 식이라면 영상 속의 장소를 추적하는 건 쉽지 않아 보였다.

"내가 봐서는 아닌데?"

노형진은 화면을 뚫어지게 바라보며 말했다.

"영상에서 나오는 장면에는 거의 변동이 없잖아."

"그렇지."

"그 말은, 모텔을 빌려서 촬영한 게 아니라는 거지."

한 장소에서 인테리어를 조금씩 바꾸면서 촬영했다는 것은 그곳이 혼자 쓰는 공간이라는 의미다.

"모텔에는 모텔 특유의 느낌이 있어. 그런데 그곳은 그런 느낌이 좀 약해. 그렇다고 해도 일반적인 가정집은 아니고."

구조야 모텔과 비슷할지 몰라도, 그 공간은 개인적인 용도라는 느낌이 강했다.

"공간……."

노형진은 물끄러미 정지된 영상 속 장면을 바라보았다.

우선 그는 영상 속에서 가구들을 모조리 배제했다.

장신구도, 여러 가지 잡다한 물건도 모두 무시하고, 오로지 공간만을 바라보았다.

그리고 마침내 그는 한 가지 사실을 알아차렸다.

"내부 형태는 확실히 모텔하고 비슷하다."

"아까는 모텔이 아니라면서?"

"맞아. 확실히 모텔은 아니야. 하지만 모텔하고 비슷하다고."

"뭔 소리야?"

오광훈은 어리둥절한 표정으로 물었다.

노형진은 그런 그에게 정지된 화면을 가리키면서 알려 줬다.

"가구 같은 건 완전히 배제하고 한번 잘 봐. 저 영상 속의 공간, 모텔과 비슷하잖아."

"응?"

"물론 카메라가 고정되어 있기는 하지만."

하지만 일반적인 방치고는 공간이 넓다.

"안방 정도 되는 거 아냐?"

"안방은 아니야. 나도 처음에는 그렇게 생각했거든. 그런데 안방치고는 좀 너무 넓어."

아무리 안방이라지만 저런 형태가 나오지는 않는다.

안방보다는 거의 원룸에 가까운 공간.

"구조는 모텔 같은데 모텔은 아니라고? 그런 곳이 도대체 어딘데?"

모텔이라면 당연히 전체적으로 티가 나야 하지만, 영상만 봐서는 확실히 모텔은 아니다.

내부 구조는 그럭저럭 비슷해 보이지만 그 내부에 있는 물품들은 모텔에서는 비치하지 않는 물건들이다.

"생활 구역 아닐까요?"

그때 뒤에서 들려온 이수종의 말에 두 사람의 시선이 그에게 향했다.

"생활 구역?"

"돈이 없어서 모텔에서 생활하는 사람들도 있잖아요."

"그건 아닐걸."

오광훈은 말도 안 된다는 듯 말했다.

"내가 그런 사람들을 여럿 아는데, 저렇게 개인적인 취향으로 꾸미고 살지는 못해. 언제 어디로 가게 될지 모르는 사람들이 대부분이라서."

하긴, 보증금이 없어서 어디도 가지 못하는 사람들이 돈을 들여서 전세나 월세도 아니고 모텔을 꾸민다는 건 말도 안 된다.

"만일 그 모텔이 자기 집이라면?"

노형진은 문득 물었다.

"응?"

"생각해 봐. 모텔이 통째로 자기 집이라면? 아니 아니, 자기 빌딩이라면?"

"빌딩?"

"그래, 자기 빌딩이라면? 그래서 그 빌딩에서 사는 거라면?"

"흐음?"

확실히 가능하다. 모텔을 지을 때는 어차피 수도나 다른 시설을 다 깔아야 한다. 건물의 맨 꼭대기에 생활하는 공간을 만든다면 다른 곳에 집을 구해야 하는 부담감도 덜하다.

"그리고 그러면 한 가지 문제가 해결되지."

"한 가지 문제?"

"과연 아이들을 어디서 구할까?"

"응?"

"내가 그랬잖아, 아이들에게 돈을 주고 촬영하는 것 같다고."

그리고 영상에 녹음된 말에서도, 돈을 주고 촬영한다는 사실이 확실하게 드러났다.

"그런데 말이야, 그 많은 아이들 중에서 어떻게 표적을 구하지?"

길에서 지나가는 애를 붙잡고 이야기할까?

그랬다가는 바로 경찰이 출동할 텐데?

아니면 납치해서?

하지만 그런 거라면, 저렇게 돈을 받고 촬영에 응하는 아이들은 없을 것이다.

"설사 막나가는 아이들이라고 해도, 촬영이라는 것은 나중에 문제가 생길 수도 있는 일이야. 아무리 막장이라고 해도 그 정도 상식은 있지."

그렇다면 그 아이들을 어디서 구할까?

"설득 과정을 말씀하시는 거군요."

이수종의 말에 노형진은 고개를 끄덕거렸다.

"맞아, 설득 과정. 그건 시간이 좀 오래 걸려. 너도 알지? 술집에서 여자애들을 꼬시는 과정."

"알지. 그다지 좋은 방법은 아니지만."

술집에서 아가씨들을 꼬시는 방법은 일단 술집으로 데리고 가는 것에서부터 시작된다.

당연히 그들을 데리고 가는 사람들은 이미 그곳에 다니고 있는 아가씨들이다.

심지어 그중에는 대학생이나 선생님도 있다.

처음에는 공짜로 와서 술을 마시고 놀라고 한다.

그렇게 몇 번 놀면서 친해지면, 이수종이 방금 말한 설득 작업이 들어간다.

손님이 몰려왔다, 그런데 하필 아가씨가 부족하다 등등 여러 가지 핑계를 대면서 잠깐만 들어가서 장단만 맞춰 달라고 한다.

바로 여기부터가 함정이다.

저때 들어가는 손님은 진짜 손님이 아니라, 미리 이야기가 되어 있는 외부의 직원이나 다른 술집의 직원이다.

그들은 최대한 정중하게 놀면서 손끝 하나 터치하지 않고 곱게 돌려보낸다. 그렇게 몇 번 하고 나면 여자는 이런 거라면 할 만하다는 생각을 하게 된다.

그리고 그때마다 그 애들에게 적지 않은 돈을 쥐어 주니, 그렇게 돈맛을 보기 시작하면 서서히 사람이 바뀌게 된다.

그들은 그 돈으로 흥청망청 놀게 되고, 점차 자연스럽게 그 돈을 벌기 위해 술집에 자주 나오게 되며, 어느 순간부터 정식으로 술집에서 일하게 된다.

물론 저때는 2차는 나가지 않는다.

그러다가 돈 쓰는 맛에 빠져서 명품을 지르고 화려하게 살기 시작하면 그때부터 2차를 나가면서 아예 술집 아가씨로 직업이 바뀌게 되는 것이다.

"확실히 그 수법에 걸리면 대부분은 빠져나가지 못하지."

안다는 듯 고개를 끄덕거리는 오광훈.

"그러면 그 애들을 어떻게 설득할까?"

아무리 가출한 아이들이라고 해도, 그런 소리 하면서 접근하는 놈들을 주변에 두고 싶어 하지는 않을 것이다.

"모텔촌이라……. 숙식이라면?"

"응?"

"가출한 아이들에게 숙식을 제공한다면?"

노형진은 진지한 표정으로 말했다.

"원래는, 모텔에서는 아이들을 받아서는 안 되지."

하지만 돈이 된다면 아이들을 받는 곳도 있다. 그러나 그런 곳은 장사도 안될 것 같은 허름하고 오래된 곳들이다.

그에 반해 이곳은, 아무리 개인 시설이라고 해도 안에 보이는 공간의 형태상 충분히 신식 시설 같다.

"가출 청소년들을 받아 주는 모텔이라는 거군."

그런 아이들은 갈 곳이 없다. 그런 아이들을 받아 주는 곳은 거의 없기 때문이다. 그리고 그런 아이들의 경우, 인생을 포기하고 막나가는 경우가 많다.

"대룡에서는 그런 가출 청소년들을 위한 학교를 운영하고 있지."

무조건 집으로 돌려보내는 게 아니다.

수많은 가출 청소년들에게 있어서 가장 큰 문제는 집안의 문제다. 자신이 잘못되어서 집을 나가는 아이들보다, 집안 자체가 정상적이지 않아서 집을 나오는 아이들이 많다.

"그런 애들은 지금 대룡학교에 입학해서 생활을 이어 가고 있어."

그래서 확실히 과거에 비해 가출해서 생활하는 아이들이 적지 않다.

"하지만 그마저도 지키지 않는 애들이 있지."

대룡학교에서의 조건은 까다롭지 않다.

너무 까다롭게 하면 다시 떠나갈 걸 알기 때문이다.

몇 가지 필수적인 조건이 있기는 하지만, 그 외에는 크게 터치하지 않는다.

법에서 정한 수업 시간에는 나와야 하지만 사정이 있다면 강제로 출석시키지는 않는다.

심리 치료가 필요하다고 인정되면 언제든 받을 수 있다.

그리고 식사 시간도 강제하지 않는다.

물론 정해진 식사 시간이 아니면 급식을 먹지는 못한다.

하지만 그 시간을 지키지 못하는 아이들을 위해 언제나 식당 한구석에는 밥과 김치 그리고 버너와 라면이 종류별로 구비되어 있다.

그리고 야간 외출 시간도 새벽 2시까지다.

애초에 그 시간까지 영업하는 주변의 유흥가도 없고 돈도 많지 않겠지만 원한다면 자유롭게 다닐 수 있으며, 친구 집에 가거나 멀리 다녀오고 싶다면 학교 측에 이야기하고 이틀이고 사흘이고 다녀올 수 있다.

그런 과정을 거쳐서 대룡학교는 아이들에게 언제든 돌아올 수 있는 곳, 언제나 먹을 것이 있는 곳이라는 생각을 하게 해 주었고, 결국 아이들도 조금씩 수업에 참석하면서 정상적인 학생으로 돌아가게 되었다.

"하지만 그런 온화한 조건에도 불구하고 거절하는 아이들이 있지."

비틀어질 대로 비틀어진 아이들. 그런 아이들은 아무리 좋은 말을, 좋은 대우를 해 주어도 결국 비틀어진다.

당연히 그런 아이들이 갈 만한 곳은 많지 않다.

"누군가가 그걸 제공한다면 말이 달라지지만."

잘 곳을 제공하고 거기에다가 돈까지 준다?

"확실히 막장인 애들은 혹하겠네."

오광훈도 인정한다는 듯 고개를 끄덕거렸다.

그런 아이들이라면 분명 쉽게 흔들릴 것이다.

일단 그런 모텔도 돈은 받을 테니까.

"자기 모텔에 두고 설득 작업을 한다 이거네요."

"그럴 가능성이 높아."

노형진은 고개를 끄덕거렸다.

"대충 상황은 알겠는데, 그 모텔을 어떻게 찾아야 하지? 뭐, 말로 설득해서 찾을 수 있을 것 같지는 않은데."

오광훈의 말에 노형진이 차분하게 말했다.

"아까 말했다시피 술집에서 꼬시려면 당연히 첫 번째 단계는 그 아이를 술집으로 데리고 가는 거지."

노형진은 눈을 번쩍였다.

"요즘 화장 기술이 참 좋더라, 후후후."

⚖️

"겁나 어려 보이네."

세상에는 타고나기를 동안인 사람이 있기 마련이다.

오광훈은 검찰의 수사관 중에서 그런 사람을 고르려고 했다.

그러나 등장한 사람은 수사관이 아니라 검사였다.

그것도 초임 검사.

"아니, 야, 수사관을 데리고 오라니까 검사를 데리고 오면 어떻게 해?"

"그래도 어려 보이잖아!"

"그거야 그런데…… 진짜 스물일곱 살 맞아?"

"맞아. 민증 확인했어."

"씨발…… 갑자기 세월이 야속해지네."

누구는 세월을 피하지 못하고 직통으로 처맞았는데, 도와주겠다고 온 송미나 검사는 그 세월을 모조리 다 피한 모양이었다. 심지어 꾸미고 교복까지 입자 영락없이 고등학교 2학년쯤으로 보였다.

"보통 법 공부하면 겁나 삭지 않나?"

"그렇지."

노형진도 회귀 전에 공부해 둔 게 있어서 이번에는 편했던 거지, 원래 회귀 전에는 천재 소리까지 들었어도 어느 정도 삭는 것은 피할 수가 없었다.

그런데 송미나는 그것도 아니었다.

"무슨 이야기를 그렇게 하세요?"

"아닙니다. 그런데 검사님이 하셔도 되겠습니까?"

"뭐, 어려운 일은 아니니까요. 그리고 수사관 중에 충분히 어려 보이는 사람은 많지 않더라고요."

"쩝……."

대부분 공무원이 되기 위해 몇 년간 공부하고 나면 어쩔 수 없이 세월을 직통으로 맞게 된다.

그렇다 보니 노형진의 계획처럼 늙지 않아 보이는 사람이 별로 없었다.

이것이 법이다

"일단 방법은 간단합니다. 돌아다니다 보면 숙소를 대여해 주겠다고 접근하는 아이들이 있을 겁니다."

"어떻게 아세요?"

"아무리 숙소를 제공해 준다고 해도, 결국 팸이라는 게 없을 수는 없거든요."

일반적으로 모텔의 숙박비는 하루에 5만 원은 잡아야 한다.

30일이면 그것만 해도 150만 원.

물론 장기 임대라면 60만 원 정도까지 가능할지 모르나, 아이들에게는 그것도 부담스러운 돈이다.

"그래서 자연스럽게 팸이 만들어지는 겁니다."

모여서 방세라도 같이 내려는 목적으로.

"그리고 그 설득 작업이라는 걸 생각해 보면, 남자 혼자서 할 수 있는 일이 아니거든요."

아무리 그래도 어린 여자애가 그런 미친놈의 거래에 쉽게 응하지는 않을 것이다.

"보통은 팸에서 설득하지요."

가령 500만 원쯤 받는다고 하면?

못해도 여섯 달 이상 방세 걱정 없이 편하게 살 수 있다. 당연히 팸에서는 여자애를 설득해서 그걸 찍는 쪽으로 밀어붙일 것이다.

"아는 사람들이 설득하면 도망가지도 못한다 이거군요."

"대부분 가출 청소년들이 하는 성매매와 비슷한 거죠."

그것도 좋아서 하는 게 아니라 돈을 벌기 위해, 소위 팸에 속한 놈들이 강제하거나 설득하는 게 보통이었다.

"송미나 검사님은 충분히 어려 보이니까요."

그러니 누군가는 그녀를 팸에 넣기 위해 설득할 것이다.

"좋아요. 충분히 알았어요. 그리고 주인만 만나면 문제는 해결되는 것이고요."

"맞습니다."

여러 가지 상황을 봐서는 주인이 범인일 가능성이 높다.

즉, 촬영된 영상에 있는 목소리와 비교해 볼 수 있다는 거다.

비교 대상이 없어서 못 잡을 뿐이지, 비교할 대상이 있다면 이야기는 다르다.

"부탁드립니다."

노형진의 말에 송미나는 고개를 끄덕거렸다.

마치 가출 소녀처럼 꾸민 그녀는 옷 안쪽에 몰래카메라를 부착하고 귀에 통신이 가능한 이어폰을 낀 뒤 바깥으로 나갔다.

그리고 그 순간, 오광훈은 쓴웃음을 지었다.

"이건 뭐, 멀쩡한 놈이 없네."

이 늦은 시간에 여자아이가 유흥가 주변에서 혼자 돌아다니고 있는데 걱정해 주는 사람은 아무도 없었다.

오히려 끈덕지게 달라붙으며 온갖 헛소리를 하는 놈들만 가득했다.

-너 귀엽네! 어디 가?

-오늘 잘 데 있어? 오빠가 재워 줄까?

온갖 말을 하면서 끈적끈적 달라붙는 인간들.

"오빠? 할아버지라고 해도 믿게 생긴 놈들이."

"아니, 딱 봐도 교복 입고 있는데 좀 가만두지."

"애매하거든. 일단 고등학생쯤 되면 합의에 의한 성관계를 맺어도 처벌 대상이 아니니까."

얼마 후에는 고등학생과 합의하에 성관계를 해도 처벌받게 되지만, 현재는 고등학생쯤 되면 합의하에 관계를 맺으면 처벌받지 않는다.

"그런데 그래도 나이가 너무 많은 거 아니야?"

오광훈의 말에 노형진이 미심쩍은 표정으로 그를 바라보았다.

"너 설마?"

"아니, 아니. 그런 소리가 아니라. 내가 그런 마인드가 아니라, 그 촬영하는 데 나온 애들은 보통 중학생쯤 되잖아. 하지만 송미나 검사는 아무리 봐도 고등학생이라고."

"상관없어. 우리 목표는 표적을 찾는 거니까."

애초에 촬영까지 가기 위해서는 시간이 오래 걸린다.

들어오자마자 꼬실 것 같지는 않으니까.

"그러니까 우리가 할 일은, 미성년자를 받아 주는 모텔을 찾는 거야."

그렇게 얼마 지났을까, 영상 속에서 상당히 불량해 보이는 청소년들이 송미나에게 접근하는 것이 보였다.

-헤이, 너 여기 처음인 것 같은데. 누구야?
-알아서 뭐 하게?
-보아하니 가출한 것 같은데 같은 가출생들끼리 좀 친하게 지내자고.
-꺼져.

처음부터 따라가면 의심할 게 뻔하기에 송미나는 고의적으로 차갑게 몰아붙였다. 하지만 불량해 보이는 청소년들은 떨어질 생각이 없어 보였다.

"더러운 새끼들."

오광훈은 그걸 보면서 이를 박박 갈았다.

저들이 저러는 이유는 뻔하다.

팸 안에 여자가 한 명 있으면 여러모로 편하기 때문이다.

노형진이 말했던 것처럼 성매매를 시킬 수도 있고, 또 상황에 따라서는 자신들의 성욕도 해결할 수 있다.

애초에 열심히 일해서 돈을 벌어 방세를 낼 놈들이었다면 여기에 남아 있지도 않을 것이다. 그냥 대룡학교로 갔지.

－너, 갈 곳이 없어 보이는데. 우리가 잘 곳은 마련해 줄 수 있어.

송미나가 움직이는 대로 따라오면서 계속 설득하는 가출 청소년들.

아무리 피하려 해도, 그들은 한 시간이 넘게 따라다녔다.

"뭐, 이쯤이면 될 것 같은데."

시간도 늦은 듯하고, 슬슬 송미나도 지친 표정이다.

하긴 그녀 입장에서는 대가리에 피도 안 마른 놈들이 껄떡 거리는 걸 받아 주는 게 기분이 좋을 리가 없다.

－좋아. 어디로 가면 되는 거야?

－오케이. 콜. 가자고. 히히힛.

－같이 잘 거라는 허튼 생각은 말고. 나 돈 있으니까.

－그래그래.

그들은 키득거림을 멈추지 않았다.

당장이야 돈이 있어도, 그 돈으로 버틸 수 있는 시간이 한 정적이라는 것을 알고 있기 때문이다.

－여기야.

그들을 따라 도착한 곳은 번화가에서 좀 떨어진 곳이었다.

─아저씨, 여기 손님 하나요.

카운터에 들어가면서 말하는 청소년들.
그러자 웬 남자가 고개를 빼꼼 내밀었다. 그리고 그가 입을 열었을 때, 노형진은 온몸에 소름이 돋았다.

─또 고삐리냐?
─에이, 장사도 안되면서. 받아 주세요.

그의 목소리. 그게 너무나 익숙했다.
아동 성매매 영상 속에서 들은 그 목소리였다.
"저놈이지?"
"맞아. 목소리가 확실해."
아주 짧게 나온 목소리였지만 확실하게 알 수 있었다.
수십 번 수백 번, 그 목소리를 외우기 위해 들었으니까.
"당장 가서 저놈을……."
"아직은 아니다."
목소리가 같다는 것만으로 바로 때려잡을 수는 없다.
일단 그곳에 집이 있는지부터 확인해야 한다.

─잘 거지? 5만 원.

이것이법이다

당당하게 현금을 내는 송미나.

-저기, 우리는?
-좆 까. 꺼져.
-어이쿠, 차였네.
-아이 쌍.

사람 좋게 껄껄대며 말하는 남자였지만 그 목소리에서 우
호적인 감정은 전혀 느껴지지 않았다.
"705호."
키를 건네주는 남자와 그걸 받아서 안쪽으로 들어가는 송
미나.
송미나는 올라가면서 엘리베이터 안의 버튼을 바라보았
다. 그리고 그중 맨 위에 있는 버튼을 찾았다. 일반적으로 모
텔을 자기 집으로 사용하는 주인이 있는 경우 가장 위층이
그런 집이니까.
그리고 가장 위층은 8층이었다.
"8층으로 올라가 봐요."
송미나에게 붙어 있는 작은 카메라로 거기를 확인하던 노
형진은 가장 위층으로 가 달라고 했다. 만일 그가 건물의 주
인이라면 당연히 맨 위층에 살 테니까.
아니라면 맨 위층은 그저 일반 방일 테고 말이다.

-문이 있네요.

8층에 올라가 보니 입구에는 문이 하나 더 있었다. 그런데 그것은 아무리 봐도 객실용 문이 아니었다.

방 한두 개가 아니라 8층 전체로 들어가는 길이 아예 막혀 있었다. 마치 현관처럼 말이다.

"확실히 8층은 주인이 사는 공간인가 보네."

"이야, 돈 엄청 많은가 보다."

족히 100평은 되는 건물이다. 그런 모텔에서 8층 전부를 쓴다는 것은, 집이 100평은 된다는 거다.

-들어갈 방법은 없어 보이는데요.

입구 쪽은 쇠창살로 되어 있고 번호 키가 달려 있었다.

'저런 형태라면 확실히 들어가기 애매한데.'

안쪽을 이리저리 돌아보는 송미나.

다음 순간 노형진은 마이크를 붙잡고 송미나를 불렀다.

"몸을 좀 돌려 보세요. 아뇨, 그쪽 말고 반대쪽으로요."

노형진의 말에 몸을 돌리는 송미나.

그러자 그쪽에 무언가가 보였다.

"저건?"

"스탠드네. 버리는 물건인 모양인데."

흔한 스탠드임에도 불구하고 그 모양이 눈에 익었다.

바로, 새론의 직원이 자꾸 보여서 눈에 익다고 말한 그 물건이었다.

"저게 왜 나와 있는 거지? 멀쩡해 보이는데."

고장 난 걸까?

그럴 수도 있다. 하지만 노형진은 한 가지 가능성을 생각했다.

"아까 열쇠 받으셨지요? 그걸로 일단 방으로 들어가세요."

송미나는 바로 다시 7층으로 내려가서 문을 열고 방 안으로 들어갔다.

그리고 거기서 스탠드의 비밀을 알 수 있었다.

"아무래도 대량으로 구매한 물건 같은데?"

그 방에도 동일한 물건이 있었다.

물론 그 등이 꼭 이곳에만 있으리라는 법은 없다.

"일단 저걸로 영장을 받아 내야 하나? 목소리가 같으니까 충분히 받아 낼 수 있을 것 같은데."

노형진은 잠깐 고민하다가 고개를 흔들었다.

"아니야. 여기서 바로 체포하자."

"체포? 하지만 무슨 수로? 영장도 없는데?"

노형진이 피식 웃었다.

"영장이 없어도, 현장에서 신고가 들어가면 일단 체포할 수는 있지. 긴급체포라는 게 있잖아?"

물론 영장을 청구해서 체포할 수도 있다. 그러나 그런 경우에는 증거를 인멸할 수도 있고 도주할 수도 있다.

정황상 그럴 가능성은 그다지 높지 않아 보였지만 그래도 만일에 대비해서 당장 체포하는 것이 안전해 보였다.

"하지만 무슨 수로?"

"동행을 요청하는 거지."

노형진은 자신 있게 말했다.

"하지만 협조하지 않을 텐데?"

"그래, 안 할 거야. 그게 중요한 거지, 후후후."

노형진의 말에 오광훈은 경찰들을 불렀다. 그리고 그 주변을 에워싸게 만들었다.

특히 뒷문 쪽을 확실하게 틀어막았다. 그리고 천천히 안으로 들어갔다.

"어서 오세요."

작은 창으로 고개를 내밀며 말하는 남자.

오광훈은 그런 그를 바라보며 말했다.

"성함이?"

"네?"

"검찰에서 나왔습니다."

자신의 신분증을 내미는 오광훈.

그걸 훑어본 남자는 그대로 얼어붙었다.

그런 그에게 오광훈은 아주 천천히 말했다.

"신고가 들어왔습니다."

"신고라니요?"

천연덕스럽게 묻는 남자.

그런 남자를 향해 오광훈은 한마디 한마디 힘줘서 이야기 했다.

"여기서 미성년자를 데리고 아동 음란물을 촬영한다는 제보가 들어왔습니다. 조사를 위해 동행해 주시죠."

"에이, 말도 안 됩니다. 저는 그런 짓을 한 적이 없어요."

남자는 애써 변명하려고 했다.

하지만 그런 변명이 먹힐 오광훈이 아니었다.

애초에 그런 거짓말을 할 거라는 것도 예상하고 있었고.

"그러면 8층을 볼 수 있을까요?"

"네? 8층요?"

"네. 신고에 따르면 여기 8층에서 촬영했다고 하더군요."

물론 그런 신고는 없었다.

하지만 영상에는 층수에 관한 흔적이 없다.

그럼에도 불구하고 8층이 특정되었다면, 남자 입장에서는 누군가가 진짜로 신고를 했다는 의심을 할 수밖에 없다.

"그러지요."

남자는 일어나서 카운터 바깥으로 나가기 위해 뒤쪽으로

향했다. 들어가는 입구가 반대쪽에 있었기 때문이다.

"금방 나오겠습니다."

그렇게 말하고 뒤쪽으로 나가는 남자.

오광훈은 그가 시야에서 사라지는데도 느긋하게 시계를 바라봤다.

"하나, 둘……."

대략 1분쯤 지났을 시점, 갑자기 건물 뒤쪽에서 고함이 터져 나왔다.

"비켜! 비키라고, 이 새끼들아!"

"그렇지. 이렇게 되겠지."

오광훈은 한숨을 쉬면서 천천히 모텔의 뒤쪽으로 향했다.

언제 챙긴 건지, 서슬 퍼런 식칼을 든 남자가 주변으로 다가오려고 하는 경찰들에게 마구 휘두르고 있었다.

"비키라고, 이 새끼들아!"

도망가기 위해 발악하는 남자.

"그만하시죠. 그러지 않으면 폭력을 쓰는 수밖에 없습니다."

"꺼져! 비키라고!"

남자의 발악에 오광훈은 슬쩍 뒤를 바라보았다.

"뭐, 비켜 드리지요. 이쪽으로 비켜 드리세요."

"아아, 알겠습니다."

경찰들은 슬쩍 길을 열어 줬고, 의외의 상황에 당황하면서도 남자는 조심스럽게 그쪽으로 빠져나가려고 했다.

그러나 그런 그의 시도는 채 열 걸음도 가지 못했다.

"끄아아악!"

그가 그쪽으로 빠져나가기 위해 고개를 돌리는 순간 뒤쪽에 있던 다른 경찰이 번개같이 스턴 건을 쏜 것이다.

"끄르르륵!"

전기에 경련을 일으키면서 몸부림치는 남자.

오광훈은 그런 그에게 다가가 바닥에 쓰러진 칼을 툭 차서 안전한 곳으로 치웠다.

"그러니까 좋게 동행하면 좋았잖아."

오광훈은 싱긋 웃으며 그의 손목에 수갑을 채웠다.

"난 이 차르륵! 하는 수갑 조이는 느낌이 너무 좋더라고, 후후후."

⚖️

"야, 인간적으로 내가 친하게 지내자고 돈도 안 받고 협력해 줬는데 사 주는 게 고작 돼지국밥이냐? 돼지국밥이랑 원수졌어?"

"아, 그냥 먹어, 좀."

투덜거리면서 돼지국밥을 입으로 밀어 넣는 오광훈.

"원하면 위에 말해서 룸이라도 쏠까?"

"잘도 위에서 그러라고 하겠다."

"괜찮아. 검사증 내밀면 공짜래."

"아주 좋은 거 가르친다, 진짜."

긴 한숨을 내쉰 노형진은 돼지국밥에 부추를 잔뜩 올리고는 먹기 시작했다.

"그래서 그놈은 어떻게 된 거야?"

"누구?"

"누구겠냐? 그 여관 주인…… 그러고 보니 이름도 모르네."

"아, 그놈? 어떻게 되긴. 철저하게 감방에 보낼 예정이지. 뭐, 언론에는 못 나갈 것 같지만."

"아니, 왜? 이거 제대로 때리면 그동안 검찰이 뭉칠 거 제대로 복구할 수 있을 건데."

"야, 그런 동네에 8층짜리 빌딩을 통째로 모텔로 쓸 정도면 각 나오는 거 아니냐?"

"아아."

아마도 상당한 재력가일 것이다.

무죄로 만들지는 못하지만, 아마도 언론에 나가는 건 막기로 한 모양이었다.

"하긴, 그래야 처벌이 약해지지."

어떤 범죄든 언론에 나가면 처벌이 강해지는 것이 사실이다.

더군다나 얼마 전에 태국에서 벌어진 일 때문에 아동 성범죄에 대한 처벌을 강하게 해야 한다는 여론이 들끓고 있는 상황에서 걸리면 거의 시범타로 최고 형량을 받을 가능성이 크다.

"검찰의 명예보다는 개인의 금고다 이거구만."

"그 말이 정답이지. 꺼어억."

"아우, 드러워."

"뭐, 검찰만 하겠니?"

키득거리면서 말하는 오광훈.

"그래서, 언제 터트릴 거야?"

"뭘?"

"척 하면 착 아니냐?"

"척 하면 착은 개뿔."

노형진은 밥을 먹으면서 느긋하게 말했다.

"내일 조간신문 한번 봐 봐."

"벌써 넘긴 겨?"

"검찰이 검찰 할 걸 예상 못 했다면 변호사 그만둬야지."

피식 웃는 노형진.

애초에 그에게 의뢰가 들어온 사건이다.

그리고 그 사건을 검찰이 아무리 감추고 싶다고 해도, 노형진이 그렇게 되도록 그냥 두고 볼 사람이 아니다.

"검찰은 네가 꼰지른 거 몰랐을까?"

"모를 리가 있냐? 아마 예상하고 있을걸."

"그러면 돈을 받으면 안 되는 거 아냐?"

"그 돈은 검찰더러 입 다물어 달라고 준 거지, 내 입을 막아 달라고 준 건 아니잖아. 그러니 검찰은 당당하게 말할 수 있는 거지. '내가 터트린 게 아니다. 저 변호사가 터트린 거다.'라고."

"헐."

"법이란 그런 거야."

서로 이용하고 이용당하는 관계.

"이번에 들어가면 다음번에 의뢰할 때는 공짜로 안 해 준다고 해."

그러자 오광훈이 심드렁하게 말했다.

"힘들걸."

"왜?"

"왜긴. 척 보면 모르냐? 검찰총장 대머리잖아. 그 나이에 대머리라니. 아이고야, 얼마나 공짜를 좋아하면 벌써 대머리겠어?"

노형진은 하마터면 입안에 있는 국밥을 뿜을 뻔했다.

"큭큭큭."

노형진은 웃었고, 그런 그를 보면서 오광훈 역시 웃었다.

그렇게 두 사람의 평범한 하루가 지나가고 있었다.

평화로운 중고천국

"일본은 아주 그냥 연예인들이 약하고 불륜하고 난리 났네, 난리 났어."

손채림은 아스가르드의 지상 사무실에서 노형진과 함께 뉴스를 보면서 혀를 끌끌 찼다.

오랜만에 비행이 없어서 노형진과 저녁을 먹자고 약속했기 때문이다.

아스가르드는 중요한 비행기다.

모든 비행기는 법적으로 일정 시간 이상 비행하면 종합 점검에 들어가야 하기 때문에 아스가르드 역시 그러한 점검에 들어간 상태였다.

그래서 그 시간 동안 손채림은 사무실에서 시간을 보내며 수많은 사람들과 연락을 주고받고 있었다.

"정치적인 문제를 연예인으로 덮으려고 하는 일은 언제나 있어 왔잖아."

"그건 그렇지. 그렇지만 이번에는 심한데?"

"지난번에 타격이 컸던 게 실패의 원인이지, 뭐."

야베가 한국을 공격하려고 했다가 실패했다.

도리어 그로 인해 심각한 불매운동과 반일본 운동이 벌어 졌고, 한국의 기업들은 너도나도 탈일본을 외치기 시작했다.

그 때문에 일본의 경제가 급속도로 몰락하고 있는 상황.

'생각보다 빨리 무너지겠어.'

원래 역사에서도 무너지는 일본 경제지만, 이제는 야베가 아무리 잘난 사람이라고 해도 더 이상 돌이킬 수 없는 지경 까지 와 버렸다.

"야베 입장에서는 환장할 노릇이겠어. 그런데도 지지율이 높아진다는 게 더 이해가 안 가지만."

손채림은 뉴스를 끄면서 고개를 갸웃했다.

일본은 하루가 멀다 하고 새로운 스캔들이 터진다. 그리고 그 이상의 경제적 문제가 터지고 있다.

그런데도, 한국 같으면 지지율이 바닥으로 떨어져야 정상 이건만 여전히 야베의 지지율은 64%에 달하고 있다.

"전 세계에서 우민화 정책을 가장 잘 이용한 게 야베니까. 더군다나 일본 특유의 문화도 있고."

"으음……."

"유사 민주주의라는 말이 괜히 생긴 게 아니라니까."

피식하고 웃는 노형진.

만일 지금이라도 야베를 몰아내면 일본에 기회가 생길지도 모른다. 하지만 일본은 그럴 생각이 없어 보였다.

"아마도 일본은 전쟁을 원해서 그럴 수도 있고."

"전쟁?"

"현재 일본 상황이 그렇잖아. 일본은 현 상황에서 해결할 방법이 없어. 자체적으로는 말이지. 그럼 남은 건 하나뿐이잖아, 전쟁."

전쟁을 이용한 특수를 통해 일본은 지금의 모습을 만들었다. 그러니 다시 전쟁을 원할 수밖에 없다.

"물론 자기들이 싸우기는 싫으니 우리랑 북한이 싸우기를 원하겠지만."

그렇게 함으로써 후방 병참기지 노릇을 해서 다시 한번 부활하는 것.

그게 일본이 원하는 가장 완벽한 그림이다.

"그게 가능하기는 해?"

"가능하기는 개뿔."

"전쟁이 일어날 리 없다는 거야?"

"아니, 전쟁이야 일어날 수도 있지. 미래는 모르는 거니까. 하지만 과거처럼 일본이 병참기지 노릇을 하지는 못한다는 거야."

한국이 1950년대처럼 못사는 나라도, 그때처럼 순식간에 밀려 버릴 상황도 아니다.

재래식무기를 이용한 전쟁이라면 현실적으로 한국이 북한에 밀릴 수가 없다.

"아마 전쟁이 터지면 최소 2주 안에 평양까지 밀고 올라갈걸."

일부에서는 아직도 북한이 내려오면 깡그리 다 죽는다고 헛소리하지만, 사실 지금 대한민국의 전력의 절반만 해도 북한을 밀어 버리는 데에는 충분하다.

"주적은 중국이나 러시아나 일본이지, 현실적으로는. 하여간 그런 이유 때문에 일본이 다시 병참기지가 될 가능성은 없어. 그냥 저 녀석들이 원하는 환상일 뿐이지. 애초에 미국이 미쳤어? 전쟁이 나면 그게 다 돈인데, 군수를 일본에 맡기게? 지금이 1950년대도 아니고. 그때는 군수품 나르는 게 힘들어서 그랬다지만 지금은 아니잖아. 설사 전쟁이 나도 미국에서 만들어서 한국으로 가지고 오지, 일본에서 생산은 안해. 기껏해야 보관이나 잠시 할까. 그런데 무슨 한국 전쟁으로 일본 경제를 다시 일으켜? 말도 안 되는 헛소리지."

노형진은 불쌍하다는 듯 혀를 쯧쯧 찼다.

예나 지금이나, 일본은 자기들 특유의 환상에서 벗어나지 못하고 있는 것 같았다.

"그건 뭐 내 개인적인 생각이지만, 그래도 일본 내부에 있는 사람들의 분위기를 보면 너도 알 텐데? 네가 본 일본에서의 탑승자들 분위기는 어때?"

노형진도 오랜만에 만난 손채림에게 물었다.

일반적으로는 노형진이 변호사 사무실에서 일하지만 오늘은 여러 가지로 일이 있어서 여기로 직접 온 것이다.

"어차피 일본 방송이야 사실상 야베 홍보 방송이니 뭐 다른 의미는 없을 테고."

오로지 야베의 범죄의 실수를 은폐하기 위해 닥치는 대로 사건을 터트리고 있는 일본 방송.

그걸 봐 봐야 도움이 안 되기에 노형진은 손채림에게 물어본 것이다.

얼마 전 일본 사업가들의 탑승이 마지막 비행이었으니까.

그리고 아스가르드에 탑승할 정도의 능력을 가진 사업가라면 일본의 저런 헛소리에 흔들리지는 않는다.

"야베 때문에 일본이 치명타를 입었다고 생각해. 일단 한국이 데프콘을 풀어서 그럭저럭 전쟁 위협은 사라졌지만……."

"뭐, 애초에 우리가 데프콘을 걸 때 적성 국가를 특정한 것도 아니었잖아."

데프콘은 전쟁이 날 가능성이 높다는 거지 특정 국가를 지정할 필요는 없다.

그 때문에 미국도 중재하는 데 진땀을 흘렸다.

대놓고 일본을 적대하는데, 정작 일본이라고 특정한 상황이 아니었기 때문에 뭐라고 설득하기 애매했던 것.

"하여간 그 이후에 일본 내부에서 말이 많아. 특히 극우 세력 중에 반야베로 돌아서는 사람들이 많아졌어."

"당연하지. 내가 지금 한국에서 공들인 게 얼만데."

한국의 방송국이 야베의 추문을 집중적으로 보도하게 하여 일본의 국민들도 알 수 있게 하도록 몰아간 것도 있지만, 특히 집중적으로 다룬 문제가 바로 야베에 의한 강제징집설이었다.

"이번 사건으로 일본 내부가 뒤숭숭해졌으니까."

그동안은 한국에 아무리 지랄을 해도 한국은 미국 눈치를 보느라고 자신들에게 덤비지 못한다고 생각하던 일본인들이었다.

그러나 데프콘이 발령되고 한국의 침략 이야기가 나오기 시작하자 분위기가 바뀌었다.

이후 한국에서 가장 집중적으로 보도한 것이 바로 일본의 강제징집설이었다.

"애초에 한국의 지상군은 일본에 비하면 넘사벽이니까."

만일 한국군이 상륙하면 일본은 초토화를 피할 수가 없다.

그게 몸으로 느껴진 사건이었고, 그 때문에 일본의 극우 세력은 한국과 같은 징집을 요구하기 시작했다.

"그 극우 세력이 우리 쪽 세력인 건 전혀 모를 테지만, 후 후후."

이미 노형진이 손아귀에 넣은 몇몇 세력을 이용해서 강제 징집 분위기로 몰아가기 시작했고, 그 결과 일본의 젊은이들은 극도의 사회적 불안감을 품게 되었다.

"일본인들이 조용히 산다고 해서 사회적 불안감도 전혀 가지지 않는 건 아니거든."

"그런가?"

"그래. 군대라는 조직이 원래 그래."

군에 가기 전에는 공포에 사로잡혀서 어쩔 줄 몰라 한다.

그런데 군에서 제대한 사람들은 군대도 결국 사람 사는 곳이라고 한다.

물론 부패하고 더러운 건 사실이나, 거기에 끌려간다고 다 죽는 건 아니라는 거다.

"하지만 일본에는 군이라는 조직 자체가 없지."

있는 것은 오로지 자위대뿐.

그런 상황에서 헌법을 고치고 징병을 해야 한다는 말이 나오면 젊은 사람들의 불만은 점점 더 고조될 수밖에 없다.

"더군다나 젊은 세대는 인터넷에 익숙하니까."

한국의 뉴스는 야베의 부패를 계속 알리고 있고, 그들은 그걸 인터넷을 통해 공유하고 있다.

"그러니 야베 입장에서는 곤란하지."

계획대로 된다면 아마 야베는 돌이킬 수 없는 타격을 입을 것이다.

'사실상 다음 선거에서 패배가 확정적이겠지.'

원래 역사에서는 다음 선거에서도 야베가 대한민국을 물어뜯으면서 승리하는 데 성공했다.

하지만 일본 내부에서 강제징집이 화두로 떠오르고 한국과 실제 전쟁 직전까지 갔다는 점이 그동안 야베의 실정과 겹쳐서, 야베와 그 지지 세력은 현재 그 어느 때보다 작았다.

"그러니 조금만 기다리면 알아서 몰락할 거야."

"뭐, 그러면 다행이고."

"그나저나 왜 보자고 한 거야? 뭐, 아스가르드 문제는 어지간하면 네가 다 알아서 하잖아? 저녁만 먹자고 부른 것 같지는 않고."

더군다나 아스가르드의 종합 점검은 노형진이나 손채림이 알아서 할 수 있는 문제가 아니었다.

"의뢰 하나 하려고."

"의뢰?"

"응. 너 중고천국 알지?"

"알지."

중고천국을 모르는 한국 사람들은 거의 없을 정도로 유명한 곳이다.

어지간한 중고 물품들은 거기서 다 구할 수 있으니까.

"거기는 왜?"

"사실은 거기서 사기를 당했어."

"뭐?"

노형진은 눈을 찌푸렸다. 이해가 가지 않았으니까.

"거기서 살 게 뭐가 있다고?"

손채림은 돈이 없는 게 아니다.

본인도 노형진 덕분에 많은 돈을 벌었고, 건물을 가지고 있으며, 주식도 있고, 아스가르드에서 일하며 많은 연봉을 받고 있다.

그런데 그런 그녀가 중고천국에서 사기를 당했다?

"중고를 살 필요는 없잖아?"

물론 아낀다는 면에서는 중고를 사는 게 나쁜 건 아니다.

하지만 세상은 누군가 소비해 줘야 돌아간다.

모두가 아끼기만 하면 극단적으로 경기가 안 좋아진다.

돈을 가진 사람들에게는 그 돈을 써야 하는 의무도 있는 법이다.

"물론 나도 보통은 그냥 새걸 사고 말지."

"그런데 왜?"

"이미 단종된 거라서 구할 수가 없었다고. 나도 부탁받은 거야."

"부탁?"

"그래. 우리 비행기에 타는 분들 중에서 한 분이 부탁하셨어. 〈동편제〉라는 영화 알아?"

"응? 그거 벌써 20년도 더 된 영화잖아."

"그래. 그런데 그 영화를 구해 달라고 부탁이 들어왔어."

"그거 블루레이로 안 나왔어?"

"응? 그게 블루레이로 나왔어?"

"어…… 없나?"

노형진은 머리를 긁적거렸다.

그리고 아차 싶었다.

'아직은 안 나왔나 보네.'

사실 원래 역사에서는 좀 더 시간이 지나야 블루레이가 나온다.

그 계획을 모르니, 그걸 사기 위해서는 결국 중고 시장을 뒤지는 수밖에 없다.

"그래서 그걸로 사기를 당했다고?"

"그래. 내가 어이없어서 말이 안 나와. 아니, 무슨 최신 물품도 아니고, 나온 지 20년도 넘은 영화를 가지고 사기를 치냐?"

"아마 시간의 문제가 아닐걸."

〈동편제〉는 한국 역사에서도 한 획을 그은 유명한 작품이다.

기존의 영화와 다르게 한국의 전통적인 음악인 판소리에 대해 다룬 영화이며, 또한 판소리를 바라보는 시선 역시 다른 것과 많이 다르다.

"보통은 그런 걸 잘 모르는데."

"영화감독이셔."

"아하! 그러면 이해가 가네."

영화감독들은 영감이라는 게 중요하다고 생각한다.

그리고 그 영감은 과거의 영화를 보면서도 마구 튀어나온다고 한다.

미국 역사에서 가장 큰 영향을 미친 영화를 뽑으라면 과연 뭘까?

웃기게도, 미국 영화도 아니고 유럽 영화도 아닌 일본 영화다.

미국의 거의 대부분의 영화감독들이 자신에게 영향을 준 영화를 이야기할 때 꺼내는 작품, 〈8인의 사무라이〉.

무려 1954년 작품이다.

시대와 상관없이 영감을 주는 영화를 꼽으라고 하면 작가들은 그걸 찾아다닌다.

"더럽게 비싸더라."

"이제 못 구하니까."

그렇다 보니 가격이 무려 30만 원.

그 시대에는 비디오테이프에 기록되었으니 그 보관도 쉽지 않았다.

CD나 DVD와 다르게 비디오테이프는 사실 반영구적이지 않다.

그 때문에 지금도 재생할 수 있을 정도의 비디오테이프를 구하는 건 절대 쉬운 일이 아니다.

"30만 원 보내 주고 물건을 받았는데, 이게 왔더라."

그렇게 말하면서 손채림은 무언가를 불쑥 내밀었다.

벽돌이었다.

"내가 진짜 어이없어서 말이 안 나온다니까. 너무 괘씸하지 않냐?"

"어이없다, 진짜."

노형진은 손채림의 손에 들린 벽돌을 보고 헛웃음을 지었다.

"하긴, 이런 사기꾼들이 뭐 한두 놈이어야지."

그리고 벽돌을 받아서 이리저리 살펴본 후 다시 박스로 넣었다.

"이거, 아무리 봐도 업자 같은데?"

"업자?"

"그래, 업자 맞아."

"아니, 중고천국에서 사기 치는 업자가 있다고?"

"생각보다 많아. 사람들이 잘 모를 뿐이지."

노형진은 어깨를 으쓱했다.

"이런 사기의 기본은 대포폰과 대포통장이야. 자기 명의로 하는 놈들은 얼마 못 간다고. 그걸 구하는 게 쉬울 것 같냐?"

"그건…… 그러네."

물론 개별적으로 사기를 치는 놈들도 있다.

사실 작심하고 찾기 시작하면 대포폰과 대포통장을 구입하는 것은 한국에서 그다지 어려운 일이 아니다.

"하지만 보통 그런 애들은 자기들이 아는 걸 선호하지. 비싸고, 자기들도 알고, 사진도 구할 수 있는 것들."

카메라에서부터 신발, 한정판, 가방 등등. 그런 건 주변에서 얼마든지 사진을 구할 수 있기에 사기도 충분히 칠 수 있다.

"하지만 이건 벌써 20년도 더 된 작품이라고. 중고천국에서 사기 치는 놈들의 대부분은 이게 나왔을 때 초등학교도 안 다녔을걸."

자신이 알지도 못하는 것에 대해 사기를 친다는 것. 그건 그 정보를 얻을 수 있다는 소리다.

"일반인은 그런 정보에 접하기 힘들지. 문자 주고받은 거 있지?"

"응? 어."

손채림은 노형진에게 핸드폰을 건넸다.

노형진은 문자를 보고 고개를 끄덕거렸다.

"맞아, 확실해. 비디오테이프가 분명 있기는 있어."

핸드폰 화면 상단에 떠 있는 닉네임, 효민이엄마.

"아주 전형적이네."

사람들은 뭔가를 살 때 사기에 대비해서 그 존재를 증명하라고 한다.

가장 대표적인 방법이 상품에 판매자의 닉네임을 올리라는 거다.

"하지만 말이야, 사기를 막으려면 판매자의 닉네임이 아니라 구매자의 닉네임을 올리라고 하는 게 좋아. 요즘은 포토샵으로 정교하게 조작이 가능하니까. 그렇게 조작해 두고 몇 번씩 써먹는 놈들이 많거든."

"그런 것 같기는 하네."

손채림은 한숨을 쉬며 말했다.

"일단 감독님한테는 사정을 이야기하고 양해는 구했어. 하지만 이놈은 그냥 못 두겠더라고."

"중고천국이라. 확실히 문제가 되기는 하지."

가입자만 수백만. 그 안에 사기꾼은 수만이다.

그런 사기꾼들 때문에 중고천국 자체가 욕먹는 상황까지 왔다.

"그 안전 거래 같은 걸 할 걸 그랬나?"

"안전 거래는 너무 복잡해. 안전 거래 사이트가 있기는 하지만 서로 또 가입하고 번호를 확인하는 등등의 절차를 거쳐야 하는 데다 별도의 비용까지 붙으니까."

아예 전문적으로 거래하는 사람이라면 괜찮겠지만 사람들이 중고 거래할 일이 얼마나 되겠는가?

그렇다 보니 무심결에 그냥 하는 사람들이 많다.

"그래도 그렇지, 20년도 더 된 영화로 사기를 친다고?"

"돈이 되니까."

어깨를 으쓱하는 노형진.

"완전히 망한 영화도 아니고, 〈동편제〉쯤 되면 수집가들 사이에서도 어느 정도 인정받는 영화야. 쉽게 말해서 영화 자체의 가치도 있지만 수집가들 사이에서는 컬렉션의 의미도 있다는 거지."

더군다나 비디오 시절의 영화이다 보니 어디서 내려받아서 보는 데에도 한계가 있다.

그렇다 보니 진짜 그 영화를 보고 싶거나 소장하고 싶다면 더 많은 돈을 주고 사는 수밖에 없다.

"당연히 소장 가치가 높을수록 그 가격은 높아지는 거지."

그리고 〈동편제〉 같은 영화는 그 소장 가치가 충분히 인정되는 작품이다.

'물론 블루레이가 나오면 가격이 팍팍 떨어지겠지만.'

그러나 아직 안 나온 상황이고 나온다는 보장도 없으니, 당연히 지금의 가치는 높아질 수밖에 없다.

"그리고 이런 수집품 계열을 다루는 놈들은 보통 개인적으로 사기 치는 놈들이 아니야. 이런 수집품 계열은 가지고 있다는 증명이 어렵거든. 아마 이놈들은 집단으로 움직이는 범죄 조직일 거야."

"고작 중고 시장에 범죄 조직이 있다고? 기가 막혀서 말도 안 나온다."

"돈만 된다면 뭐든 하는 게 인간 아니겠냐."

노형진은 피식 웃었다.

"그나저나 그러면 신고는 한 거야?"

"일단 신고는 해 놨어. 그런데 경찰은 접수받자마자 사기꾼은 잡기 힘들 거라고 하더라고."

"그랬겠지."

"진짜 잡기 힘들어서 그런 거야?"

"그럴 리가. 잡기 힘든 게 아니라 귀찮아서 그래."

"귀찮다고?"

"그래. 이런 중고 시장에서는 거의 100% 소액 범죄거든."

애초에 100만 원 이상의 고가의 장비가 많지도 않거니와, 그런 경우는 좀 번거롭더라도 직거래를 선호할 수밖에 없기 때문에 대부분 이런 사기는 30만 원 정도의 소액으로 이루어진다.

"애초에 이런 사기를 치는 놈들도 그걸 노리는 거지. 이런 건 사건 방법에 비해 거의 실적이 안 되거든."

수백만 원짜리 사건도 실적이 안 된다고 제대로 수사하지 않는 게 경찰이니, 하물며 수십만 원짜리 사건은 아예 혐의 없음으로 넘어가는 경우가 대부분이다.

"그런가?"

"'그런가?'가 아니야. 생각해 봐라. 대포통장으로 사기를 치잖아? 그러면 그걸 막는 방법은 뭐겠어?"

"이미 통장을 만들지 못하게 막아 놨잖아."

"그게 의미가 있나? 중요한 건, 통장 명의자의 계좌들을 무조건 모조리 봉쇄하는 거야."

통장을 못 만들게 하는 게 아니라 통장의 주인을 봉쇄하는 게 중요하다.

"지금 검찰이 하는 행동은 딱 귀찮으니까 대충 넘어가는 거라고."

대포통장을 막겠다고, 정부에서는 통장을 만들기 위한 조건을 까다롭게 했다.

통장을 만들기 위해서는 몇 가지 조건이 필요하다.

일단 월급을 받는다는 증명이나 금전적 사회생활을 한다는 증명, 하다못해 뭐 하나 자동이체라도 걸어야 한다.

"그런데 현실적으로 그런 조건이면 가정주부나 학생은 통장을 못 만들잖아. 그리고 자동이체라니, 이게 무슨 눈 가리고 아웅이냐고."

자동이체는 전화 한 통이면 즉시 다른 통장으로 옮길 수 있다.

애초에 자동이체를 건다고 해서 대포통장으로 못 쓰는 것도 아니다.

"진짜 그걸 막으려면 통장을 만드는 걸 어렵게 할 게 아니라 해당 당사자를 무조건 체포하고 은행에 등록해서 전 계좌를 봉쇄해야지."

만일 대포통장으로 사용되었음이 발각되는 순간 그 사람의 전 계좌가 봉쇄된다면, 누구도 통장을 만들어서 제공하려고 하지는 않을 것이다.

설사 제공했다고 하더라도, 그걸 다시 풀기 위해서는 경찰의 수사에 충실히 임해야 한다.

"그런데 지금 꼴을 봐라."

구더기 무서워서 장 못 담근다고, 대포통장이 무서우니 무조건 통장을 못 만들게 하고 있다.

"그렇다고 해서 그게 효과가 있는 것도 아니잖아?"

노형진은 더 오래 살다 회귀한 사람이다.

당연히 미래의 범죄 패턴에 대해서도 기억하고 있다.

그리고 대포통장은 그 수십 년 후에도 문제를 일으킨다.

"제대로 일하기는 싫으니까 국민들더러 귀찮게 살라는 거네."

노형진의 설명을 들은 손채림은 툴툴거리면서 짜증을 냈다.

"그러면 이거 어떻게 해야 해? 그냥 내버려 둬? 물론 30만 원이면 딱히 큰돈은 아니지만……."

"너한테나 30만 원이 큰돈이 아니겠지."

대포통장으로 쓰는 이상 현실적으로 언제 봉쇄될지 모르니 당연히 그 통장을 이용해서 최대한 사기를 칠 것이다.

"그러고 보니 중고천국 최대 사기꾼이 전과가 300건이라고 했던가?"

"뭐어? 300건?"

"그래. 그런데 그 300건으로 받은 처벌이 고작 징역 6개월인가 그래."

죄다 집행유예에 벌금 조금 정도였다.

그나마도 소액 재판들 중에서 귀찮음을 무시하고 신고한 사람들 기준으로 한 거지, 그냥 무시한 사람들까지 생각하면 아마 혼자서 저지른 범죄가 천 건은 넘을 것이다.

"그리고 그동안 그놈이 통장을 천 개를 썼겠니?"

그럴 리가 없다. 그가 쓴 통장은 고작 네 개뿐이다.

즉, 신고가 들어와도 그 통장을 봉쇄하지 않고 그냥 출석 요구서 하나 딸랑 보내고 사건을 방치한다는 소리다.

"그러면 이거, 새론 같은 데서 전문적으로 할 수는 없는 거야?"

"그게 참 애매해."

새론뿐 아니라 동맹 로펌인 법무 법인 하늘도 집단소송을 많이 한다.

"그런데 말이야, 아무리 그래도 우리도 최소한의 돈은 받아야 한단 말이지."

변호사회에서 정한 최저 금액은 300만 원이라고 보면 된다. 그리고 법에서 정한 최저 금액은 30만 원이다.

"그런데 이건 다 소액 재판이잖아. 애초에 소가가 30만 원이 안 된다고."

거기에다가 소송할 때 필요한 인지대 같은 걸 생각하면 아무리 소액으로 잡아도 60만 원은 들어간다.

"그러니까 개개인이 소송해도 배보다 배꼽인데, 이걸 어떻게 변호사한테 맡기겠니?"

현실적으로 그건 불가능하다.

피해자가 그걸 맡길 이유도 없고, 변호사 입장에서도 수익이 없다시피 한 일인 것이다.

"형사 같은 경우는 아예 변호사가 끼어들 부분이 없고."

그 때문에 중고천국의 사기는 수십 년 동안 계속되어 왔다.

"하지만 이걸 마냥 빤히 보고만 있을 수는 없잖아? 매년 이런 사기가 수천억은 될 텐데."

"하긴 그런데……."

노형진은 긴 한숨을 내쉬었다.

"내가 생각 한번 해 볼게."

"생각?"

"채림이 네가 하는 말이 맞아."

아무리 귀찮고 사소한 문제라 해도 누군가는 해결해야 한다.

특히 이런 중고 사기는 피해자가 너무 많다.

누군가에게는 몇 푼 안 되는 돈일 수 있지만 누군가에게는 진짜 소중한 돈일 수도 있다.

"일단 의뢰인은 필요하니까 네가 의뢰하는 걸로 할게."

"이놈 잡으면 인생 좀 확실하게 조져 주라."

"그거야 당연하지."

노형진은 피식 웃으며 말했다.

이것이 법이다

"중고천국 소액 사기라……. 하긴 이게 심각하기는 하지요."

노형진은 손채림의 중고천국 사건을 다른 변호사들과 이야기했다.

회의에 올라갈 정도의 안건은 아니지만 난이도만큼은 다른 사건 못지않게 높기 때문이다.

사건 자체가 어려운 건 아닌데 변호사를 선임하는 순간 배보다 배꼽이라는 결과를 어떻게 피할 수가 없었다.

"많이 당하나 봐요?"

"어머니 모임에서 보면 피해자들이 어마어마하게 많아요. 아이들 용품이 워낙 비싸다 보니까."

휴게실에서 커피를 마시며 노형진의 말을 들은 민시아는 고개를 끄덕거리며 인정했다.

"아, 하긴 사기꾼들이 노리는 용품 중에는 아기용품 같은 게 많지요. 그것도 거래가 활발한 편이니까요."

노형진도 알 것 같다는 듯 고개를 끄덕거렸다.

물론 애기들 우유병이나 옷 같은 건 별로 거래가 없다.

일단 그런 건 지극히 개인적인 물품이라서, 버리거나 나중에 가까운 사람들에게 주는 경향이 강하기 때문이다.

"하지만 젖병 소독기나 애기 침대 같은 건 가격도 좀 되고 오래 쓰는 물건이 아니니까요."

그런 걸 노려서 사기치는 놈들이 너무 많은 게 문제였다.

"맞아. 중고천국에 가면 뭔 놈의 아빠 엄마가 그렇게 많은지……."

무태식 변호사도 고개를 끄덕거리면서 민시아의 말에 동의해 줬다.

"무 변호사님도 중고 사셨어요?"

"아, 제가 중고를 산 건 아니고요, 주변에서 그런 이야기를 많이 들었습니다. 제가 아는 분은 얼마나 당했는지, 인터넷상에서 맘이니 아빠니 하는 단어를 붙이는 놈들은 일단 거른다고 하시더라고요."

맘이나 아빠라는 단어는 부모를 뜻한다.

사람들은 설마 아이까지 있는 사람이 남에게 사기를 칠까 하는 생각에 그 사람과 거래하지만, 애초에 그런 단어 자체가 사기를 목적으로 믿음을 얻기 위해 붙인 것이다.

"그래요? 그런 사건들은 대부분 어떻게 되던가요?"

"뭐, 노 변호사님이 말씀하신 게 거의 맞습니다."

신고해도 제대로 수사도 하지 않고 미결 사건으로 넘기든가, 잡혀도 배 째라고 나오면서 배상해 주지 않아도 사기당한 돈을 돌려받을 수 있는 방법이 없든가.

"아예 신용 불량으로 등재하려고 해도, 애초에 그런 사기를 치는 놈들은 신용 상태가 개판이라서요."

무서운 게 없다 보니 그냥 막나가는 거다.

"중고천국에서 사기 치는 애들은 보통 인생 포기하고 막나가는 애들이 많더라고요."

민시아도 고개를 끄덕거렸다.

"확실히 그 비중이 높기는 하지요."

노형진은 입맛을 다셨다.

"이런 놈들은 일본에 보낼 수도 없으니, 원."

일본의 야쿠자들이 한국의 사기꾼들을 데려가서 방사능오염 제거에 강제로 써먹는 건 이제 딱히 비밀도 아니다.

그에 겁먹은 사기꾼들이 사기를 포기하거나 돈을 돌려주는 경우가 많아진 것도 사실이다.

"그런데 이런 경우는 데려가는 비용이 더 들어요."

그러니 야쿠자들도 안 데려간다.

물론 피해자들이 많이 모여서 그 피해액이 수천만 원쯤 된다면 모르지만, 현실적으로 그렇게 많은 피해자들을 모아서 소송을 걸거나 채권을 넘기는 동의서를 받아 내는 것은 한계가 있다.

"그렇다고 우리가 공짜로 소송해 줄 수는 없잖아요. 우리 수임료야 포기한다고 해도 인지대랑 소송료가 있으니까."

결국 뭘 해도 사기꾼들에게 받아 내는 게 힘들다는 거다.

"신용 불량으로 등재해 봐야 애초에 사기 칠 때 대포폰이랑 대포통장으로 해 버리니 뭐 의미도 없고요."

"여러모로 애매한 사건이네요."

노형진은 머리를 긁적거렸다.

"하기는 해야 하는데, 한두 번이면 모를까 계속하기는 힘들고."

"그렇다고 전문 변호사 팀을 만들 수도 없고요."

"일단 제가 방법을 찾아보지요. 최소한 채림이 사건을 해결하고 나면 뭐라도 방법이 보일지도 모르니까요."

⚖

노형진은 사건을 수사하는 경찰을 찾아갔다.

물론 수사가 곤란한 경찰의 입장을 노형진은 충분히 이해하고 있다.

하지만 그걸 핑계로 일 자체를 하지 않으려고 하는 경찰을 보니 노형진은 슬며시 혈압이 올라 강하게 몰아붙일 수밖에 없었다.

"고작 30만 원 때문에 변호사를 샀다고요? 어이없는 아가씨네, 거참."

'고작' 30만 원.

담당 경찰의 반응은 시큰둥하기 이를 데 없었다.

아무래도 노형진의 신분을 일선 경찰이 다 아는 것은 아니니까 이해가 가지만, 그의 업무 태도는 아무리 봐도 경찰로서는 많이 부족해 보였다.

'역시 성적만 보고 뽑는 요즘 경찰은 미친 새끼가 많아.'

전에는 그래도 사명감 있는 사람들이 많았는데, 요즘은 머리만 쓰는 사명감 없는 경찰이 늘어난다는 생각에 노형진은 한숨이 절로 나왔다.

물론 이해는 한다.

사이버 팀이라는 특성상 강력계나 생활계처럼 몸으로 뛰기보다는 머리를 굴리는 게 정상이기는 하다.

'하지만 이건 아니지.'

변호사는 피해자의 대리인이다.

더군다나 법에 대해 모르는 피해자와 다르게 법에 대해 잘 아는 사람이다.

그런 사람에게 이렇게 귀찮아하는 티를 낸다?

이건 대놓고 수사를 안 하겠다는 거다.

결국 노형진은 화가 나서 입을 열었다.

"중요한 건 돈이 아니라 정의죠."

"아니, 그렇기는 한데, 애초에 잡지 못할 가능성이 높다니까요."

"도대체 왜 못 잡는 거죠?"

"고작 30만 원 아닙니까? 저희도 일단 소환장은 보내 놨지만, 통장이야 뭐 대포통장일 테고……."

얻을 건 아무것도 없을 거라고 시큰둥하니 던지는 경찰의 말에 노형진은 자신의 핸드폰을 들어서 계좌 이체를 시도했다. 그리고 말했다.

"그 통장, 아직 살아 있는데요?"

단 1원일 뿐이지만 이체가 가능한 상황.

만일 경찰에서 이걸 봉쇄했다면 당연히 막혔어야 했다.

"우리라고 그걸 막고 싶지 않은 건 아닌데요, 현실적으로 그걸 막으려면 법원의 판결이 필요하니까요."

사건을 수사하는 건 좋지만 그 과정이 너무 느리다는 거다.

"일단 우리가 사건을 수사해서 검찰에 넘기고, 검찰에서 그걸로 법원에 영장 청구하고 그러려면 못해도 두 달은 걸립니다."

"말장난하지 마시죠. 범죄의 의심이 든다면 검찰에 우선 봉쇄를 청구할 수 있다는 거 다 압니다. 제가 변호사라는 걸 잊지 마세요."

명백하게 피해가 발생한 계좌이고, 그 계좌로 인해 여전히 피해자들이 나오고 있다. 추가 피해를 막기 위해서는 해당 계좌의 봉쇄가 절대적으로 필요하다.

"그거야……."

경찰은 곤란한 듯 시선을 돌렸다.

일반인이라면 이런 변명이 먹혔겠지만 애초에 변호사에게는 먹힐 리가 없었다.

"보아하니 일하기 귀찮으신 것 같은데, 제가 그냥 영원히 일하지 않아도 되게 해 드릴게요. 지금까지 일 대충 하는 물렁한 변호사들만 만나셨나 본데, 사람 잘못 보셨습니다."

노형진이 몰아붙이기 시작하자 아차 싶은 표정이 된 경찰
은 다급하게 자신을 도와줄 수 있는 사람, 즉 자신을 한심하
게 바라보는 팀장에게 눈짓으로 구원을 요청했다.

보다 못한 팀장이 자리에서 일어나 노형진에게 다가왔다.

"변호사님, 너무 그러지 마세요. 저희도 최선을 다해서 수
사 중입니다."

"제가 뭐라고 했습니까? 저는 아무 말도 안 했습니다. 그
런데 고작 30만 원요? 지금 피해자의 입장에서 찾아온 변호
사한테 그런 말이 나옵니까? 요즘은 경찰들이 이따위 마인
드로 일합니까? 이런 경찰 필요 없습니다. 차라리 이 자리는
비우고 새로 하나 뽑는 게 나을 것 같네요."

노형진은 고의적으로 강하게 몰아붙였다.

그러자 찔끔하는 경찰.

팀장은 그런 그를 한번 노려보고는 노형진을 다독거렸다.

"자 자, 나가시죠. 커피 한잔 사 드리겠습니다."

노형진을 데리고 휴게실로 간 팀장은 긴 한숨을 쉬면서 캔
커피 하나를 뽑아서 건네며 미안한 듯 말했다.

"죄송합니다. 요즘 업무가 과다해서요."

"그래도 그렇지, 할 말 못 할 말 구분은 해야 할 거 아닙니
까? 변호사인 저한테도 저 지랄이면 법 모르는 피해자들에
게는 뭐라고 하겠습니까?"

실제로 많은 경찰들이 신고가 들어오면 온갖 핑계를 대면

서 합의를 종용하거나 소를 취하하게 하려고 눈에 불을 켠다.

실적이 될 만한 사건이라면 없는 죄도 만들지만, 실적이 안 될 것 같으면 아예 사건 자체를 수사하지 않으려고 하는 성향이 심각한 게 사실이었다.

"애초에 영장이나 청구해 보고 계좌 막으려고 시도라도 해 보든가요."

팀장은 긴 한숨을 내쉬었다.

"물론 저희도 청구를 안 해 본 건 아닙니다."

"청구해 봤다고요?"

"네. 물론 최근은 아니지만. 흠흠."

그는 헛기침하면서 조심스럽게 말했다.

"워낙 사건이 작다 보니까요."

검찰에 신청해 봐야, 검찰에서 영장 청구를 도와주지 않는다는 것이다. 그리고 종종 일부 검사들이 도와주기는 하지만 그건 법원에서 막혀 버린다는 것이었다.

'이게 문제군.'

사건 자체가 너무 작다. 너무 작은 사건이다 보니까, 현실적으로 그걸 막기 위해 노력하기가 귀찮은 것이다.

그렇게 다들 일하기 귀찮은 사람들이 어울리면서 점점 이런 사건이 미해결로 넘어가는 것이다.

"물론 종종 나오기는 하지요. 하지만 현실적으로 그런 애들은 잡범이고요."

즉, 어떻게 운이 좋아서 대포통장이나 대포폰을 구한 단독 범죄자들은, 운이 좋으면 잡는다고 한다.

일단 한두 건으로는 영장이 안 나오지만 열댓 건쯤 되면 영장이 나오니까.

"하지만 그 업자 새끼들은 영장이 나와도 의미가 없거든요."

이미 그때쯤이면 돈을 찾아서 바로 튀어 버리기에, 그 시점에 계좌를 막아 봐야 그들은 이미 다른 계좌를 이용해서 사고를 치는 중이라는 거다.

"그리고 돈을 찾을 때도 그놈들은 머리를 엄청 써요."

마스크 같은 거나 모자, 오토바이 헬멧 등을 이용해서 얼굴을 가리고 돈을 찾기 때문에 그걸로 추적하는 것도 불가능하다는 거다.

"이건 조사해 보니까 업자가 한 거라서요."

다른 사람이라면 그냥 알아서 하겠다고 몰아붙이겠지만, 상대방이 변호사라서 그런지 팀장은 최대한 미안한 표정을 지어 보였다.

"업자라는 건 저도 예상하고 있습니다. 그 업자한테 걸린 피해자가 몇 명이나 됩니까?"

"그걸 알 수가 없네요."

이런 사기는 전국에서 벌어진다.

그렇다 보니 관련 사건에 대해 모두 알 수가 없다.

물론 범인이 특정되었다면 전산상에 기록이 뜨겠지만, 그렇지 않은 상황이기에 아무것도 뜨지 않는 것이다.

"계좌 번호로 전국 수사 내역을 조사할 수는 없어서요."

경찰은 사건의 주요 내용을 공유하지 않는다.

그렇다 보니 전국에서 이렇게 범죄가 벌어지는 경우에는 그 계좌에 관련된 모든 내용을 볼 수는 없다.

이런저런 사유로 결국 조사하는 게 무리인 게 사실이고, 범인을 잡는 건 더 무리다.

"이게, 저희도 이런 소액 사건들은 아주 곤란하거든요."

현실적으로 이런 소액 사건들을 해결하지 않으면 미결률이 높아진다. 그건 경찰 입장에서도 승진에 손해가 되는 결과일 수밖에 없다.

"변호사님이 왜 오셨는지는 압니다만, 저희로서도 방법이 없습니다."

거의 읍소하다시피 하는 팀장을 보면서 노형진은 곤란한 표정이 될 수밖에 없었다.

"이놈들이 어떤 놈들인지도 모르고요?"

"중고천국에서 활동하는 사기꾼 조직이 뭐, 한두 개도 아니니까요. 추정으로는 족히 백 개는 되지 않을까 생각하는데……."

"백 개요?"

"네. 거기에다 그 인터넷의 계정이 새어 나가는 바람에 그걸로 무차별적으로 가입해서 사기를 치기 때문에 무조건 계정에 대한 소환을 해도 의미가 없어요."

이것이 법이다

중국에서 한국인의 계정 하나당 거의 20원 정도면 살 수 있기 때문에 그런 범죄 조직들은 계정을 수천만 개는 확보해 둔 상황이었다.

그나마 자주 쓰는 계정이라면 바로 이상 징후를 알고 비번을 바꾸겠지만, 그렇지 않은 경우 그런 걸 보내 봐야 의미가 없다는 거다.

"IP 추적은요?"

노형진은 문득 이상하다는 생각이 들었다.

이런 사기를 치는 놈들이 집단으로 움직인다면 당연히 그 IP는 남아 있어야 한다.

"그게 말이지요, 저희가 받는 IP는 다 조작된 거더라구요."

"끄응……."

노형진 스스로도 IP를 조작해서 사건을 해결한 경우가 몇 번 있었기 때문에 상황이 대충 이해가 갔다.

IP 자체를 조작하는 것은 그다지 어려운 기술은 아니다.

전문가 하나만 있으면 이리저리 IP를 돌릴 수 있다.

물론 그건 확실한 게 아니다.

저쪽에 전문가가 있듯이 이쪽에도 전문가가 있으면, 그 IP를 역으로 추적하는 것은 어려운 일이 아니었다.

'하지만 돈이 문제지.'

저쪽 IP 전문가는 사기의 대가로 억 단위의 돈을 받을 테지만, 이쪽 IP 전문가는 정부에서 돈을 받는다.

월급을 받거나 외부에서 협조하는 방식으로 돈을 받는데, 월급을 받는 전문가들의 경우는 이미 업무량이 한계에 치달을 정도로 많다.

그렇다고 외부의 인력을 쓰자니 그 외부의 인력에게 줘야 하는 돈은 일반적으로 건당 지불되는데, 그걸 정부에서 지급하는 경우가 무척이나 드물다.

"죄송합니다. 사이버 팀은 현실적으로 한계에 치닫고 있어요. 사이버 범죄는 과거에 비해 무한대로 늘어나는데 인력 충원이 안 되는 상황이니까요."

기본적으로 웹상에서 벌어지는 범죄는 사이버 팀이 담당한다. 과거의 범죄가 현장에서 벌어지는 경우가 많았다면 지금의 범죄는 사이버 세상에서 벌어진다. 특히 인터넷은 익명의 공간이라는 특성상 현실보다 더 많은 범죄가 벌어진다.

"사이버 모욕에서부터 명예훼손이나 이런 사기까지. 그런데 그것만 있는 게 아니죠. 현실적으로 지금은 외부의 범죄에 대해서도 사이버적인 수사 방식이 들어가니까."

당장 성추행이나 강간 등의 사건이 벌어지면 가장 먼저 하는 것이 바로 핸드폰을 뒤져서 카톡을 복구하거나 동선을 확인하거나 사진을 확인하는 것이다.

"사이버 팀의 인력 충원은 절대적으로 필요한데, 정부에서는 그걸 막고 있으니까요."

팀장은 한숨으로 내쉬었다.

"그리고 얼마 전 판결, 아시죠?"

"아, 이해가 갑니다."

노형진은 이 부분에 대해서는 경찰의 말이 이해가 갔다.

얼마 전 법원에서 새로운 판결이 나왔다. 어떠한 경우라도, 인터넷 업체도 영장 없이는 개인 정보를 주지 말도록 한 것이다.

"그게 잘못된 판단도 아닌데 또 제대로 된 판단도 아니란 말이지요."

원래는 이 정도 일로는 굳이 영장이 필요 없었다.

그런데 얼마 전 범죄자가 자신의 범죄 내역을 가지고 경찰이 인터넷 사이트에 협조를 요청한 걸로 소송을 걸었다.

영장 없이 기록을 넘겨줬다고 말이다. 뻔뻔한 일이지만, 애초에 범죄자들이 뻔뻔한 건 당연한 거니까.

기존에는 범죄 사실이 확실하다면 인터넷 회사나 사이트에서 협조 차원에서 정보를 제공했는데, 그게 불법이라고 손해배상을 때리면서 이제는 작은 자료도 주지 않게 된 상황.

"그 상황에서 검찰이고 법원이고 영장을 안 쳐 버리니까 저희 입장에서는 환장하는 거지요."

팀장은 긴 한숨으로 답했다.

"사건은 갈수록 늘어나는데 보충은 안 되고……. 상황이 그렇습니다, 하하하."

어색하게 말하는 팀장.

팀장의 말을 들으면서 노형진은 많이 누그러들었다.

"그러면, 경찰에서 이 문제를 해결하는 데에는 한계가 있다는 거군요."

"한계라기보다는 뭐…… 솔직히 좀 그러네요."

그걸 알기에 소액 사기범들이 그렇게 판치고, 아예 그룹을 만들어서 사기를 치는 일종의 범죄 조직들이 생겨나는 것이다.

"변호사님, 중고 사기가 한국에서 얼마나 심각한지 아십니까?"

"말은 많이 들었지요."

"한국에서 벌어지는 인터넷 범죄의 70%가 중고 사기입니다."

"70%라고요?"

이건 생각보다 엄청 많은 수치다. 노형진도 그 정도일 거라고는 생각도 못 했다. 많다는 소리는 들었지만 말이다.

"그리고 그 안에서도 또 68%가 중고천국에서 나오는 범죄입니다."

"그 정도면……."

거의 인터넷 범죄의 5분의 3 정도는 중고천국에서 발생한다는 거다.

"그나마도 그 판결 이후에 정보 공개를 거부하고 있어서……."

팀장의 말에 노형진은 눈을 찡그렸다.

'이거 생각보다 문제가 심각한데?'

아주아주 심각한 문제였다.

평화로운 사기천국

"뭐라고요? 그 정도였어요?"

민시아는 질려 버렸다는 표정이 되었다.

"경찰 내부에서 인터넷 범죄를 담당하는 사이버 팀의 숫자가 많은 건 아니죠."

물론 현장직인 강력계 같은 경우보다는 개인당 사건을 더 많이 해결할 수 있는 건 사실이다.

그렇다고 해도 이건 도를 넘은 수준이다.

"범죄자를 잡는다고 해도 문제가 있기는 하군."

김성식 역시 휴게실에서 커피를 넘겨받으며 말을 꺼냈다.

"범죄자들이 알아서 올 놈들은 아니니까."

당연히 그놈들을 체포하러 가야 하는데, 그러려면 일단 체포 영장을 청구해야 한다. 하지만 불행히도 피해 금액 단돈 몇십만 원에 체포 영장까지 나오기는 쉽지 않다.

"나와도 문제야. 따로 사이버 체포조가 있는 것도 아니니 업무를 멈추고 체포해 와야 하니까."

악순환이 계속되는 거다.

"이건 방법을 바꿔야겠네요."

"방법을 바꿔?"

"예방 쪽으로 방어해야 하지 않겠습니까?"

"예방?"

"엄밀하게 말하면, 범죄에 대한 가장 효과적인 대응책은 예방이지요."

물론 잡을 놈들은 잡아야겠지만, 가장 중요한 건 예방이다.

'그리고 보나 한국에서는 예방에 신경을 별로 안 쓰는구나.'

워낙 배상금이 작다 보니 예방에 돈을 쓰기보다는 그냥 방치하다가 누구 하나 다치거나 죽으면 대충 푼돈 던져 주고 마는 게 한국의 문제점이었다.

"하지만 그게 가능할까요? 그 중고천국은 포털 사이트 소속이잖아요. 거기서 보니까 1년에 그 안전 관리를 위한 관리 비용만 400억이라던데요?"

노형진은 코웃음을 쳤다.

그들이 말하는 게 뭔지 알기 때문이다.

소위 안전 거래라 불리는 시스템인데, 일단 돈을 제3자에게 넣어 두고 물건에 문제가 없으면 그 제3자가 승인을 받고 그 돈을 판매자에게 주는 것이다.

기본적으로 모든 대형 인터넷 기업의 상거래는 이런 식으로 운영된다.

"그건 그쪽에서 책임지기 싫으니까 하는 말입니다. 400억 요? 그렇게 나올 수가 없지요."

당장 400억이면 우리나라에서 가장 큰 인터넷 상거래 업체의 1년 관리비보다 몇 배는 많은 거다.

"더군다나 안전 거래 사이트는 따로 있습니다."

안전 거래 사이트가 한두 곳도 아니다.

업체마다 죄다 관리비를 400억씩 내야 한다면 누가 그걸 이용하겠는가?

그리고 그런 안전 거래 사이트는 모두 유료로 운영된다.

"하지만 안전 거래 사이트도 가짜를 이용해서 한다고……."

"맞습니다. 가짜 안전 거래 사이트가 넘쳐 나죠."

현실적으로 안전 거래 사이트가 한두 개가 아니었기에, 많은 사람들이 상대방이 사용하는 안전 거래 사이트에 들어가서 돈을 넣는다.

"그러고 보니 이상하군."

김성식은 남은 커피를 호로록 마시고는 고개를 갸웃했다.

"그걸 왜 못 막지?"

"검찰에서 일하지 않기 때문이죠."

가짜 안전 거래 사이트를 만드는 데에는 막대한 돈이 들어간다.

그런데 걸릴 경우 무조건 막혀 버리면, 그 제작비가 더 들기 때문에 당연히 그런 짓을 못 한다.

"흠…… 확실히 무능하기는 하지."

"그러니 예방 차원에서 할 수 있는 것도 찾아보도록 하지요. 일단……."

노형진은 빙긋 웃었다.

"시작은 안전 거래 사이트부터 하지요, 후후후."

⚖

안전 거래 사이트.

그곳에서 돈을 넣으면 당연히 사람들은 사기에 당하지 않을 거라 생각한다.

그러나 그런 사이트조차도 가짜인 경우가 많다.

"찾았어요."

"금방 찾네?"

"이런 거야 뭐 순식간이죠."

이수종은 어깨를 으쓱하며 말했다.

"안전 거래 사이트를 날려 버린다니, 이건 진짜 상상도 못했네요."

모든 홈페이지는 누군가 제작하고, 누군가 인터넷에 등록해야 한다.

그 '누군가'를 찾을 수 있다면 상황은 어떻게 될까?

"아마도 본체와 직접 연관될 가능성이 높겠군."

기록을 보면서 김성식은 고개를 끄덕거렸다.

"그럴 겁니다. 블로그도 아니고 이런 사이트는, 제작하는 데 못해도 몇백만 원은 들 테니까요."

설사 툴이 있다고 해도 500만 원 정도의 돈은 들어간다.

가짜라고 하지만 그럴듯한 회원 가입부터 계좌까지, 모조리 다 만들어야 하기 때문이다.

"하지만 생각해 보면 경찰에서 이런 안전 거래 사이트를 조사했다는 이야기는 들어 본 적이 없군."

"사건을 단편적으로 보니까요."

가해자는 사기꾼. 그리고 피해자는 일반인.

이게 경찰의 시선이기에, 이러한 사이트들은 일종의 제3의 공간으로 생각한다.

"그런데 이런 사이트는 알 수가 없잖아. 어떻게 알아?"

"알 수가 있지. 기본적으로 IP가 그대로잖아."

"응? 그거 조작이 가능하다며?"

노형진의 부탁으로 이번 사건을 담당하게 된 오광훈은 고개를 끄덕거렸다.

이 건에 대해 검찰에 보고하니 검찰은 최선을 다해서 지원하라고 했다.

그만큼 이미지 쇄신에 신경 쓰고 있다는 소리다.

"조작이야 가능하죠. 그런데 그건 어디까지나 잠깐 들어 갔다가 나오는 IP 기준이에요."

"응?"

"전화도 마찬가지잖아요. 잠깐 통화하고 끊어 버리면 녹음된 통화 내역은 구할 수 있지만 추적은 못하잖아요. 인터넷도 로그인했다가 끊으면 접속된 마지막 IP가 남는 거지, 흐름은 추적 못 해요. 하지만 이런 사이트는 계속 운영 중이잖아요. 그러니까 당연히 추적이 가능해요."

"그, 그렇지."

이수종의 말에 오광훈은 마치 아는 것처럼 대답했지만 노형진은 그런 오광훈을 보고 확신했다.

'못 알아들었네.'

하지만 중요한 건 그게 아니다.

일단 추적할 수 있는 고정된 뭔가가 있다는 게 중요하다.

"이런 홈페이지는 무조건 개인 홈페이지일 수밖에 없어요."

인터넷 홈페이지는 두 종류가 있다.

서비스 업체에서 지원해 주는 것과, 자신이 만들어서 직접 관리하는 것 말이다.

전자는 편하고 쉬우며 인터넷 홈페이지를 제작하기 위한 툴을 제공받기 때문에 관리가 쉽지만, 불법적인 경우에 바로 신분이 노출될 수 있다.

후자의 경우는 관리도 어렵고 비용도 제법 많이 든다.

그렇지만 신상이 드러나지 않는 인터넷이기 때문에, 사람들은 대부분 그걸 잘 모르고 넘어가며 아는 사람만 들어올 수 있다.

"그게 바로 다크웹의 기본적인 속성이고요."

이수종은 그런 다크웹의 전문가.

그러니 그런 가짜 사이트 추적하는 건 일도 아니었다.

"그리고 이런 가짜 사이트들도 결국은 다크웹이고요. 그 말은, 개별적으로 서버를 굴리고 있다는 거죠."

이수종은 가짜 사이트에 대해 설명하면서 키득거렸다.

"하지만 이런다고 해서 잡을 수 있나?"

오광훈은 고개를 갸웃하며 이수종에게 물었다.

물론 마치 진짜인 것처럼 전화번호와 회사 주소까지 적혀 있지만 그게 가짜라는 것은 이미 뻔한 사실이다.

"그건 어차피 가짜니까 신경 쓰지 않았어요. 하지만 서버가 굴러가기 위해서는 당연히 고정된 장소가 필요하지요."

이수종은 그렇게 말하면서 종이 한 장을 꺼냈다.

"이게 IP를 추적한 주소예요. 울산에 있더라고요."

"울산?"

"네. 나름 머리를 엄청 굴리기는 했지만 딱히 머리가 좋은 놈들은 아니네요."

진짜 전문가여서 추적을 못할 정도로 돌려 대는 놈들도 있다.

하지만 그런 놈들이 이런 범죄자와 일할 가능성은 낮다.

그 정도 실력이 되면 억대 연봉은 우스운 지경이니까.

"하지만 이놈은 그럭저럭 돌리기는 하지만 아주 전문적으로 감추지는 못해요."

인간이 모든 면에서 완벽할 수는 없다.

그건 범죄자들도 마찬가지.

그들은 남들을 속이는 대포통장이나 대포폰은 확보했지만, 정작 그 사기를 치는 가짜 인터넷 사이트까지 감추지는 못했다.

"노 변호사님 말씀만큼이나, 그걸 하기 위해 과학수사 팀이 움직일 가능성은 낮으니까요."

여기에 적혀 있는 사이트 주소로 들어가 그 연락처로 연락해 보고 안되면 그만. 그게 현재 경찰 수사의 한계다.

"그러니 여기를 털어 보는 것도 나쁘지 않을 거라고 생각해요."

"오, 그러면 바로 움직이도록 하자. 너도 그게 나쁘지 않지?"

오광훈의 말에 노형진은 고개를 끄덕거렸다.

"이 정도면 확실히 영장이 나올 거야."

가짜 사이트의 운영은 단순 사기가 아니라 정보 통신법 위반이다.

개인의 몇만 원짜리 범죄는 무시할 만하지만 가짜 사이트의 운영은 그것보다 훨씬 문제가 된다.

더군다나 이런 사이트의 피해자는 개인이 아니라 집단이다.

사건의 주체가 바뀌면 피해 대상도 바뀌는 법이고, 피해의 대상이 바뀌면 그 피해액도 바뀌는 법이다.

"바로 영장 받아서 움직이자고."

노형진의 말에 오광훈은 고개를 끄덕거렸다.

⚖

노형진의 말대로 쉽게 나온 영장을 들고 그들이 도착한 곳은 울산에 있는 전자공업 단지였다.

"여기에 그 사기꾼들이 있을까?"

"그건 아니야. 이수종은 여기는 서버만 대여해 주는 곳이라고 생각하고 있어."

"서버?"

"범죄자들이 이런 가짜 사이트를 수십 개씩 운영할 수는 없잖아."

이수종이 이런 가짜 사이트들을 분석한 결과, 그 모양과 형태가 조금씩 다르긴 하지만 기본적인 툴은 비슷했다고 했다.

"즉, 개별적으로 만든 게 아니라 하나의 툴을 이용해서 약간씩 변형해서 만들었다는 거지."

"그게 뭔 소리야?"

"도둑질을 하기 위해서는 특수한 연장이 필요하잖아. 그 연장을 파는 게 이놈들이라는 거지."

인터넷은 기본적인 툴에서 벗어나지 못한다.

그럴 수밖에 없는 게, 편의성이라는 게 있기 때문이다.

사람들은 어디에 뭐가 있는지 대략적으로 안다. 그걸 너무 바꾸면 낯설어서 접근하지 못한다.

"이런 사이트는 그런 편의성을 창의적으로 바꿀 필요가 없지."

그냥 기존 것을 답습해도 된다.

적당히 쓰다가 서버를 내려 버리니까.

"물론 공식적으로는 제대로 된 곳이지만 미래홈페이지라니, 내가 어이없어서 말이 안 나온다."

심지어 입구에는 산업부 표창을 받은 기업이라는 설명까지 붙어 있었다.

"범죄자 새끼들한테 표창장이라니, 기가 막히는군."

"원래 이런 표창장은 내부를 보고 주는 게 아니거든."

얼마나 많이 벌어들였느냐, 사회적으로 얼마나 성장했느냐가 관건이다. 그래서 그 실적이 보이면 일단 국가 표창장이 나오는 거다.

"들어가 보자고."

노형진이 눈짓하자 천천히 문을 열고 안으로 들어가는 오광훈.

그곳에서 일하고 있던 직원들은 무심하게 그들을 돌아보

았다.

숫자는 대략 이십여 명.

그리고 한쪽에는 서버실이라는 명패가 붙어 있었다.

'여기군.'

노형진은 슬쩍 그곳을 확인하고는 오광훈에게 눈짓했다.

그때 오광훈에게 다가오는 한 여자.

"무슨 일로 오셨나요?"

"여기가 미래홈페이지입니까?"

"그렇습니다만."

"현 시간부로 당신들을 전원 체포합니다."

"네…… 네에? 뭐라고요?"

여자가 뭐라고 대꾸하기도 전에 우르르 안으로 몰려드는
수사관들.

그들은 직원들을 무조건 자리에서 끌어내서 수갑을 채웠
다. 그리고 한구석에 일렬로 세웠다.

"지금 뭐 하는 겁니까!"

"우리가 무슨 범죄라도 저질렀다는 건가요?"

직원들은 당황해서 어쩔 줄 몰라 했지만 노형진과 오광훈
은 그들을 무시하고 따로 있는 방들을 뒤지기 시작했다.

그리고 그곳에서 막 어딘가로 전화를 하려던 대머리 남자
를 발견했다.

"끌어내!"

"우옷! 잠깐, 뭐 하는 거야! 너희, 내가 누군지 알아!"

"응, 범죄자."

오광훈은 당연하다는 듯 그를 끌어냈다.

그 모습에 직원들은 당황스러운 눈빛으로 그를 바라보았다.

'사장실이라…….'

그 방에 달려 있는 명패를 확인한 노형진은 오광훈의 옆구리를 쿡 찔렀다.

"내가 한 말 기억하지?"

"기억하지."

서버를 관리하는 것은 혼자서 할 수 있는 일이 아니다.

당연히 직원을 써서 관리하는 게 정상이다.

'하지만 직원들까지 범죄자인 건 아니지.'

대부분의 직원들은 그저 이게 관리 대상이라고 생각할 뿐, 이곳에서 범죄가 저질러지고 있다는 걸 알았으리라고 생각하기는 힘들다.

'그리고 그 사실을 아는 사람들은 극히 드물 테고.'

그러면 방법은 간단하다.

바로 내분의 유도.

그걸 위해 고의적으로 수갑을 채우는 등 강력하게 분열을 유도한 것이다.

일반적으로 긴급 상황이 아니면 동행하는 정도로 끝내지, 수갑까지 채우면서 분위기를 잡지 않는다.

실제로 경찰이나 검찰 내부에서도 수갑 등 신체를 강제하는 수단은 최대한 자제하도록 되어 있다.

물론 그건 법이 아니라 권고 사항이다.

'그래서 수갑을 채우면, 일반적인 사람들이라면 자기가 좆 되어 버렸다고 생각하지.'

실제로 직원들 중에는 당황하여 잔뜩 겁을 먹은 사람들이 상당수 있었다.

오광훈은 그들 앞에 나서서 소리를 크게 질렀다.

"지금부터 미란다원칙을 들려드리겠습니다. 녹음 중이니까 이걸 못 들었다고 나중에 거짓말하셔도 소용없습니다."

미란다원칙이라는 말에 몇몇이 당황해서 수갑이 채워진 손을 번쩍 들었다.

"대체 저희가 무슨 짓을 했다는 겁니까?"

"저희는 아무 짓도 안 했어요! 그냥 서버 관리만 했다고요!"

강하게 항변하는 사람들.

그리고 그 와중에도 눈치를 보는 사람들.

아마도 눈치를 보는 사람들은, 이곳이 그런 사기 사이트를 운영한다는 걸 알고 있었을 것이다.

"여러분들은 중고천국에서 주요 범죄 조직들과 손잡고 그들을 위해 사기 사이트를 운영했다는 범죄 혐의가 발견되었습니다."

"뭐라고요?"

"아니, 저희는 그냥 중간 거래 사이트일 뿐인데…….."

우왕좌왕하는 사람들.

그들의 시선은 사장에게 쏠렸다.

하지만 사장은 애써 모른 척할 뿐이었다.

"야! 너, 무슨 짓을 한 거야!"

"엉엉, 엄마!"

"저 새끼, 죽여 버릴 거야!"

"저는 아니에요! 진짜예요! 봐주세요!"

아무것도 모르던 직원들은 패닉에 빠졌다.

일부는 사장을 죽일 듯이 덤비려고 했고, 일부는 자기 인생이 끝났다는 생각에 자리에 주저앉아서 펑펑 울었다.

그러나 그들이 뭘 하든 오광훈은 꿋꿋이 미란다원칙을 고지한 후 수사관들에게 눈짓했다.

"모조리 끌고 가."

수사관들은 그들을 한 명씩 죄다 끌고 바깥으로 나갔다.

그리고 그들이 전부 나가자 사무실 안으로 이수종을 비롯한 서너 명이 들어왔다.

그들을 이끌고 온 이수종은 컴퓨터 앞에 앉아 능숙하게 몇 가지를 확인하더니 고개를 끄덕거렸다.

"이거 서버 운영은 어렵지 않을 것 같네요. 그런데 여기 서버, 진짜 운영해요?"

"진짜 운영해야지. 그래야 사기꾼 새끼들을 잡지."

"네, 일단 그렇게 할게요."

이수종은 고개를 끄덕거렸다.

"그러면 남은 건 이놈들을 족치는 거군."

노형진은 빙긋 웃었다.

사실 노형진이 여기까지 올 필요는 없었다.

엄밀하게 말하면 이건 검찰의 영역이고, 변호사의 영역은 여기가 아니라 경찰서에 들어가면서부터 시작되기 때문이다.

"경찰서에 변호사들 다 준비해 놨지?"

오광훈의 말에 노형진은 고개를 끄덕거렸다.

"이제 그쪽에서 뭐라고 하는지 두고 보자고, 후후후."

⚖

미래홈페이지의 직원들 대부분은 경찰서에 수갑을 차고 끌려온 경험이 없었다.

그렇다 보니 패닉으로 정신이 반쯤 나갔을 때 내밀린 손을 거절할 수가 없었다.

바로 경찰서에서 대기하고 있던 새론의 변호사들이었다.

물론 새론에서 변호사들이 돌아가면서 상주하는 것은 사실이지만 오늘처럼 미리 많이 대기하지는 않는다.

그러나 오늘 사태를 계획한 노형진과 새론은 변호사들을 미리 준비시켰고, 그들은 그 직원들과 심각하게 상담을 진행했다.

"생각보다 사건이 심합니다. 물론 서버를 조사하고 점검해 봐야겠지만, 한 해 평균 피해액을 예상해 보면 배상하셔야 하는 돈이 못해도 5억 이상은 되실 겁니다."

"5억요? 잠깐만요! 5억요? 저는 아무 짓도 안 했어요!"

하수경은 비명을 질렀다.

그녀의 업무는 서버 관리일 뿐이었다. 그런데 배상금 5억이라니.

"상황이 그렇게 쉽지 않습니다. 하수경 씨가 범죄자들의 서버를 관리해 준 것은 사실이기 때문에…….."

"아니, 저는 진짜 억울해요. 저는 그냥 힘들게 취업한 것뿐인데…….."

결국 하수경의 눈에서 눈물이 펑펑 쏟아졌다.

서버 관리 부서는 여성 수요가 많지 않은 분야라서 취업을 위해 많이 노력하고 수년간 고생한 끝에 얻은 직장이었다.

그런데 뜬금없이 손해배상을 무려 5억이나 해 주어야 하다니.

"하지만 방법이 없습니다, 하수경 씨. 이미 하수경 씨에 대한 증언이 있었기에."

노형진은 안타깝다는 표정으로 바라보았다.

"현행법상 범죄에 대한 증거는 증언으로도 충분합니다. 특히나 지금처럼 공범으로 의심되는 자들의 증언이 있다면 더더욱 그렇지요."

"공범이라니요!"

"이걸 보시겠습니까?"

노형진은 그녀에게 어떤 서류의 복사본을 건넸다.

"이건 사장을 비롯한 주요 공범들의 진술서입니다. 그들은 하수경 씨가 범죄 사실을 알고도 그걸 관리해 왔다고 주장하고 있습니다."

"아니에요! 아니에요!"

절망적으로 비명을 지르는 하수경.

물론 노형진이 이런 서류를 조작한 것은 아니다.

'하지만 범죄자들에게 양심이라는 게 있을 리가 없지.'

범죄자들은 당연히 자신의 이득을 위해 거짓말을 한다.

이 진술서 역시 마찬가지로 거짓말이다.

어차피 거기서 일하던 직원들은 그들 입장에서는 한낱 도구일 뿐이다.

'당연히 죄를 뒤집어씌우려고 하겠지.'

그래야 처벌도 약해지고 배상금도 작아질 테니까.

영화에서처럼 '죄는 모두 제가 저지른 겁니다. 부하들에게는 아무런 잘못도 없습니다.'라고 말하는 범죄자는 이 세상에 없다.

'어쩌면 이미 그렇게 이야기가 되어 있을 수도 있고.'

어찌 되었건 범죄자들은 모두에게 죄를 뒤집어씌우기 위

해 발악하기 시작했고, 그걸 모르는 일반 직원들에게는 환장할 일이었다.

범죄자들의 주장이 인정되면 일반 직원들에게도 거기서 발생한 사기의 책임을 묻게 되는데, 실형은 물론이고 돈도 어마어마하게 배상해 줘야 하기 때문이다.

"저희는 진짜 아무것도 몰랐어요, 흑흑."

하수경은 눈물로 자신의 억울함을 이야기했다.

노형진은 그런 하수경을 살살 설득했다.

"그러면 저희를 도와주실 수 있나요?"

"뭐든지요! 제발 돕게 해 주세요!"

그렇게라도 하지 않으면 그 책임을 그녀 자신이 지게 되니까.

"하지만 저는 관리만 하던 사람이라 딱히 뭘 도와드릴 수 있을지……."

"그걸 적당히 조작해 주시면 됩니다."

"적당히 조작해요?"

"네. 그 시스템은 어떻게 되어 있지요?"

"어…… 일단……."

일단 중고 거래를 신청하면 상대방에게 계좌 번호가 간다.

그리고 그 계좌에 돈이 들어오면 그 돈을 사기꾼에게 주는 것이다.

당연히 공식적으로 그 계좌는 겉으로 보기에는 사기꾼이 아니라 그 기업체의 계좌로 보인다.

실제로 있는 기업이고, 은행과의 계약에 따라 임시 계좌가 발부되니까.

"그러면 그 계좌를 다른 계좌로 바꿔치기할 수 있지요?"

나오는 계좌가 임시 계좌일 뿐, 돈은 결국 연동된 통장으로 들어간다.

그래야 돈을 확인하면서도 동시에 입금 내역을 확인할 수 있으니까.

"그건 제가 할 수 있는 영역이 아니라서……. 그걸 하기 위해서는 사장님의 결재가 필요해요."

"그렇군요."

"하지만 다른 건 가능할 것 같아요."

"다른 거?"

"네, 연동 계좌를 바꾸는 것 정도는."

즉, 입금되는 계좌를 바꾸는 건 힘들지만, 다른 곳에서 나오는 입금 계좌를 진짜 계좌인 것처럼 발송하는 것은 가능하다는 것이다.

"그러면 그걸 부탁드려요 될까요?"

"네? 하지만 사기꾼을 잡는다고……."

"사기꾼을 잡으려고 하는 겁니다."

노형진은 웃으며 말했다.

"사기꾼도 결국 인간이거든요, 후후후."

일단 계좌를 조작한 다음에는 시간이 좀 지나기를 기다리는 수밖에 없었다.

그사이에 노형진은 다른 사기꾼을 잡을 생각을 했다.

"조직화되어서 사기 치는 소액 사기꾼 놈들은 나중에 털어 버리고, 일단 개인적으로 움직이는 소액 사기범들부터 정리해 볼 생각이야."

"개인적 소액 사기? 하긴 그런 놈들이 많기는 하지. 하지만 그게 가능하겠어?"

손채림은 고개를 갸웃하면서 물었다.

아무리 생각해도 그건 무리처럼 보였으니까.

개인적 소액 사기범은 잡히는 경우가 많다.

일단 그런 개인적 소액 사기를 치는 놈들은 전문 업자들과 다르게 어떻게 대포폰과 대포통장을 구해서 사기를 친다고 해도 IP를 속일 수는 없기 때문이다.

영장이 안 나와서 그렇지, 영장이 나오면 대부분은 잡히는 게 사실이다.

그러나 그들이 잘 잡힌다고 해서 그들이 근절되는 것은 아니었다.

소액 사기는 처벌이 약할 수밖에 없고, 그걸 이용해서 돈을 버는 놈들은 대부분 아예 인생 막장인 놈들이기 때문이다.

"정리한다는 게 그들을 잡아 준다는 뜻은 아니야."

일단 그 사건은 너무 많은 게 문제이기도 하고, 법적으로 보자면 그건 다 개별 사건이기 때문에 노형진이 의뢰도 받지 않고 끼어들어서 해결하려고 하면 그건 명백하게 월권이 된다.

"그걸 예방하는 거지."

"어떻게?"

"가능해."

노형진은 핸드폰을 톡톡 두들겼다.

"전화 인증을 하는 거지."

⚖

전화 인증 시스템은 그다지 어려운 것이 아니다.

돈을 보관해 주는 안전 거래 시스템과 다르게 은행과 협업할 이유도 없다.

그리고 이미 시스템이 잡혀 있다.

"그걸 우리가 하라고요?"

"그렇습니다. 이미 세상에는 번호 인증 시스템이 있는 걸로 알고 있는데요?"

중고천국은 카페로 운영되는 곳이다.

카페라는 것은 현실적으로 여러 가지 한계가 있다.

일단 기업도 아니고 그렇다고 무슨 친목 단체도 아니다.

엄밀하게 말하면 친목 단체라고 할 수 있지만, 거기에서 유통되는 금액을 보면 절대로 순수한 친목 단체라고 말할 수 있는 수준이 아니다.

"저희는 기업이 아닙니다."

"저 변호사입니다. 눈 가리고 아웅 해 봐야 소용없습니다."

현실적으로 그 정도 되는 규모의 카페라면 절대로 일반인이 운영할 수 있는 수준이 아니다.

카페를 전문적으로 관리할 사람을 뽑아서 관리 업무를 전적으로 맡겨야 안정적인 운영이 가능하다.

"고용하신 분들이 있는 걸로 알고 있는데, 그분들에게 돈은 안 주십니까?"

"……."

세상의 그 누가 중고천국을 관리하기 위해 돈도 받지 않고 매달릴까?

당연히 그런 사람은 없다.

그리고 그 월급을 주기 위해서라도, 내부에서는 어느 정도의 돈을 벌어야 한다.

그 돈을 버는 방법은 바로 광고.

중고 거래를 하는 당사자들에게 돈을 받을 수는 없으니, 광고를 통해 수익을 내는 것이다.

"나쁜 건 아닙니다만, 문제는 그 과정에서 제대로 된 관리가 이루어지지 않는다는 거겠지요."

중고천국의 카페 주인은 떨떠름한 표정이 되었다.

"그러니 제가 기회를 드리는 겁니다. 물론 공짜로 하라는 건 아닙니다. 건당 200원 정도의 돈만 받으면 되는 거지요. 그 정도 수익률만 낸다고 해도, 인증 시스템을 굴리는 데에는 문제가 없을 텐데요?"

중고 거래를 할 때 쓰는 대포폰이나 대포통장은 결국 타인의 것이다.

"현실적으로 대부분의 대포폰은 그걸 쓰는 사람이 상대방의 주민등록번호나 이름 등 다른 개인 정보를 모릅니다."

당연히 중고 거래를 할 때 핸드폰 실명 인증을 양쪽에서 하도록 해 둔다면, 한쪽이 사기를 치고 싶다고 해도 그렇게 쉽게 치지는 못한다.

일단 그 대포폰의 주인의 이름을 알아야 하기 때문이다.

"하지만 대포폰을 써도 결국 인증 번호만 넣는 식인지라……."

중고천국의 주인은 떨떠름한 표정으로 말했다.

인증은 두 가지 방식으로 이루어진다.

정해진 특정 앱을 통하는 식이거나, 문자를 통해 번호를 발송하는 식이거나.

"그 과정에서 이름을 넣어야지요. 요즘 누가 인증 번호만 넣어서 등록하게 합니까?"

단순히 이름을 추가로 넣는 것만으로도 대부분의 대포폰은 차단된다.

"그리고 그 내역을 상대방에게 발송할 수 있게 해 주는 겁니다."

"그게 뭐가 달라진다는 건지 모르겠습니다만."

"달라지지요. 대포폰과 대포통장의 이름이 완벽하게 같을 수는 없으니까요."

일단 이런 사기에는 세 가지가 필요하다.

첫 번째가 계정의 주인.

대부분의 계정 주인들은 해킹을 당해서 정보가 새어 나간 사람들이다.

그렇기에 그들의 이름을 특정하는 게 어렵지 않다.

두 번째는 핸드폰 번호.

하지만 현재 대포폰을 걸러 내는 인증 시스템이 없기 때문에 그걸 걸러 내는 게 힘들다.

노형진은 그걸 요구하는 거다.

"세 번째는 통장 주인의 이름이지요."

거래하는 사람이 이수일인데 통장 주인이 심순애라면 사람들은 이상하다고 생각할 수밖에 없다.

"사실 이 세 단계만 거치면 거의 대부분의 사기는 걸러 낼 수 있습니다."

안전 거래는 돈이 들지만 이건 그렇게 돈이 들지도 않는다.

"중고 거래를 안전하게 할 수만 있다면 사람들은 건당 200원 정도의 돈은 기꺼이 낼 겁니다."

퍼센티지를 기준으로 수수료를 뗀다.

하지만 이러한 핸드폰 인증은 100원 또는 200원 정도의 비용이면 충분하고, 안전을 위해 직거래를 하는 것에 비하면 돈이나 시간도 적게 든다.

현실적으로 그 정도의 보안이면 아무리 전문 업체라고 해도 사기 치는 건 어렵다.

일단 그들이라고 해도 핸드폰의 주인과 계좌의 주인을 일치시키는 게 쉽지 않고, 그런 계좌들이 모조리 막혀 버리면 동일하지 않은 이름만 남기 때문이다.

물론 동명이인의 계좌들을 이용할 수도 있겠지만, 전국에서 그런 사람들의 계좌와 대포폰을 구하는 건 쉬운 일이 아닐 것이다.

"하지만 저희 입장에서는 그건 곤란합니다."

결국 코너로 몰리자 중고천국의 주인은 한숨을 쉬며 말했다.

"중고천국에서 물론 수익을 내서 생활하는 건 사실입니다. 광고로 돈도 벌고 있고요. 하지만 저희가 그 시스템을 만들기 위해 투자할 정도의 돈은 없습니다. 애초에 저희는 그냥 카페 내부에서 운영되는 시스템의 일부일 뿐입니다. 별도의 인증 시스템을 넣기 위해서는 관리 회사에 동의를 받아야 합니다. 그건 쉬운 일이 아니에요."

중고천국은 한국에서 가장 큰 중고 거래 사이트이지만 동시에 기업이 아니라 카페였다.

그래서 개별적인 공간을 가지고 활동하는 게 아니라서, 인터넷 포털 사이트에 기대어 활동하고 있었다.

"그리고…… 이런 경우는 책임 소재의 문제도 있고."

'그렇지. 그렇게 나올 것 같았다.'

노형진은 당연하다는 듯 그를 바라보았다.

저들이 핸드폰 인증을 몰라서 지금까지 방치한 것일까?

아니다.

자기네 카페 안에 있는 사람들 중에 얼마나 많은 사기꾼들이 있는지 모르는 바도 아니다.

그럼에도 불구하고 그들은 그걸 방치하고 있다.

그건 책임 소재의 문제이기 때문이다.

예를 들자면, 주차 요원이 배치된 주차장 같은 거다.

백화점이나 마트에 가면 유료화되어 있거나 주차 요원이 배치된 곳들이 종종 있다.

만일 그 안에서 문제가 생기면 주차 요원을 배치한 이상 그 관리 주체인 주차장이나 백화점 등이 그 손해배상에 일정 부분 책임을 지게 된다.

그런데 그러지 않고 완전 무료로 개방해 버리면, 그건 완전 자유 공간이기 때문에 아무 책임도 지지 않는다.

그래서 대부분의 그러한 주차장들은 주차 요원을 배치하지 않고 자유 공간으로 두는 경향이 있다.

그나마 백화점은 관리하지만 대부분의 마트 등은 관리하

지 않는다.

'이것도 마찬가지.'

만일 카페의 회원들에게 돈을 받고 관리하기 시작하면 법률적으로 사기에 대한 책임을 일정 부분 지게 된다.

'그래서 그걸 거절할 것쯤은 예상하고 있었지.'

노형진은 미소를 지었다.

물론 그가 거절한다고 해서 방법이 없는 건 아니었다.

"저희가 나쁜 말을 하는 게 아니지 않습니까? 수익을 내고 그걸로 돈을 번다면, 어찌 되었건 그 관리 책임은 당사자가 지는 게 맞습니다."

더군다나 그들이 버는 돈은 절대 적지 않다.

물론 거래하는 당사자들에게는 돈을 받지 않지만 거기에 광고를 올리거나 함께 손잡고 대량 판매를 하려고 하는 기업의 수가 적지 않다.

'한국에 천만이 넘는 가입자를 가진 사이트가 얼마나 되겠어?'

공식적으로 중고천국의 가입자는 1,800만 명 정도. 대한민국 국민의 3분의 1 이상이 가입되어 있는 수준이다.

"그들에게 제대로 된 중고 거래를 보장할 수 있다면 중고천국도 상당히 인기를 끌 거라 생각합니다만?"

물론 정상적인 기업이라면 그렇게 하려고 할 것이다.

"죄송합니다. 저희는 그렇게까지 돈 욕심을 부리고 싶지는 않습니다."

돈에 관심이 없다는 말로 선을 긋는 남자.

그러나 노형진은 그 진실을 안다.

그가 무서워하는 건 책임이다. 돈이야 지금도 충분히 벌고 있으니까.

사람은 누구나 더 많은 돈을 벌고 싶어 한다.

1억보다는 10억이 좋고, 10억보다는 100억이 좋다.

하지만 그 돈을 벌기 위한 부담의 문제도 있기 때문에, 현실적으로 그런 부담감을 피하기 위해 돈을 어느 정도 벌면 만족하는 사람도 있기 마련이다.

"저희가 그 시스템을 만들기 위한 자금을 융통해 드릴 겁니다. 그 대신에 정식으로 회사의 지분을 주시면 됩니다."

많은 돈은 아니겠지만, 투자에 따른 이익 정도는 충분히 낼 수 있다.

"그 부분은 제가 사이트 측과 이야기해 보죠."

아마 사이트에서도 마냥 반대만 하지는 않을 것이다.

그럴 수밖에 없는 게, 이미 해당 사이트 기업에는 인증 시스템이 구비되어 있고 개당 200원의 인증 비용은 당연히 사이트에 들어가기 때문이다.

물론 사이트와 손잡고 운영하는 게 최선이기는 하지만…….

'그러고 싶은 생각은 없는 것 같고.'

노형진은 진지하게 그를 바라보며 말했다.

"진짜로 관리 안 하시겠습니까?"

"미안합니다. 저는 이걸로 충분합니다."

더 이상 접근하지 못하게 선을 긋는 남자.

노형진은 그를 바라보면서 머리를 긁적거렸다.

"그러면 저희 입장에서는 강제로 하는 수밖에 없지요."

"지금 카페를 빼앗겠다는 말씀이십니까?"

"필요하다면요."

권리와 책임은 떼려야 뗄 수 없는 일이다.

최소한의 운영도 하지 않으면서 수익만 내려고 한다면 그 자리에 걸맞지 않은 사람이라는 뜻이다.

'그런 놈들이 사장이 되면 기업이 망하는 건 순식간이지.'

하지만 카페이다 보니 망하지 않는 거다.

이유는 간단하다. 카페 관리는 회사에서 해 주니까.

"매년 수만 건의 사기가 발생하고 그로 인한 재산 피해가 어마어마한데, 그걸 알면서도 방치한다는 건 관리자로서의 책임 문제가 심각하다는 소리이니까요."

더군다나 그들은 정식으로 기업 등록을 하고 돈을 벌고 있는 상황이다.

"만일 정상적인 기업이었다면, 그 정도 문제가 생기면 어떻게 해서든 해결하려고 했을 겁니다."

그런데 자기가 돈을 내라는 것도 아니고 그저 회사와 협의해서 핸드폰 인증 시스템을 이용하라는 정도의 조언이다.

"죄송하지만 거절하겠습니다."

아까와 다르게 확실히 적대적인 표정으로 말하는 주인.

노형진은 그걸 보고 확신했다.

"책임을 지기 싫으신 모양이군요."

그는 답하지 않았고, 노형진은 그런 그를 보면서 미소를 지었다.

"그렇다면 저희는 손을 쓰지요, 후후후."

⚖️

노형진은 전 세계 많은 기업들의 주식을 가지고 있다.

그 규모는 어마어마해서, 로버트와 마이스터에서 그의 주식의 가치를 판단하기 위해 매일같이 수억을 써야 할 정도다.

그중에는 당연히 중고천국이 운영되는 해당 사이트의 주식도 있었다.

맨 처음 생겼을 때에는 사실상 헐값에 가까웠던 주식이다.

가장 떨어졌던 시기에 한 주당 500원까지 갔고, 노형진은 그때 적지 않은 주식을 챙겼다.

대략적으로 4분의 1쯤 되는 주식이 노형진의 손에 들어왔다.

하지만 지금까지 그 주식에 대해 노형진은 권리를 행사한 적이 없었다.

지금까지는 말이다.

"기업형 카페들에 대한 서버비 요구요?"

"그렇습니다."

노형진은 주주로서 그리고 변호사로서, 해당 기업의 사장을 만났다.

"지금 여기에서 활동 중인 기업형 카페가 얼마나 되지요?"

"확인은 해 보지 않았습니다만……."

사장은 떨떠름한 표정으로 말했다.

"엄밀하게 말하면, 그런 기업형의 카페들은 따로 돈을 들여서 서버를 운영해야 하는 거 아닙니까?"

그게 정상이다.

물론 기업형이라고 해서 다 거기서 돈을 버는 건 아니다.

그 안에서 홍보를 하거나 유저들의 피드백을 받는 게임 기업 같은 곳들은 문제가 안 된다.

"그렇지만 우리 서버의 트래픽을 이용해서 돈을 버는 기업들이 있는 걸로 알고 있는데요."

"그렇습니다."

"그러면 그들에게 돈을 받아야 하는 게 정상 아닙니까?"

현재 이곳은 거의 전 국민이 다 가입되어 있다고 할 정도의 사이트가 되었다.

그렇다 보니 그런 식으로 운영하는 기업형 카페들이 제법 많다.

"그런 곳들에서는 제대로 책임도 지지 않고 돈만 벌어 가고 그 필요 경비는 우리가 내고 있는 거 아닌가요?"

"그건 그렇지요."

중고천국 정도의 트래픽을 발생시키는 기업이라면 매년 몇천만 원 정도는 서버비로 내야 한다.

하지만 현실적으로 그들은 한 푼도 내지 않고 있다.

노형진의 말에 사장은 고개를 끄덕거렸다.

지금까지 생각해 본 적이 없는 문제이기는 하지만 생각해 보면 이상한 일이기는 했다.

"그들에게 이야기해서 당연히 서버비를 내게 해야지요."

"하지만 그런 곳들은 대부분 사람들의 편의성을 위해 만들 어진 곳들인지라……."

"편의성을 위해 한다면 아예 무료로 돌렸어야지요."

하지만 그런 기업들은 돈을 벌되, 유지비는 인건비 외에는 거의 나가지 않는다.

"그리고 카페 아닙니까? 그 카페를 대신할 수 있는 걸 만 드는 건 어려운 일이 아닐 것 같습니다만."

"네?"

"새로운 중고 카페를 만들고 그곳에서 인증 시스템을 도입 하고 싶습니다."

"인증 시스템을요?"

"어려운가요?"

"아니요. 어려운 건 아닙니다."

카페에 가입할 때 이미 인증 시스템을 도입한 상황이다.

그걸 가입이 아니라 거래에 도입하는 것은 그다지 문제 될
게 없다.

"그리고 그 인증 이후에 인증 내역을 거래자에게 보내도록
하는 거지요."

만일 인증 내역을 찍어서 올리는 방식을 요구하면 분명 사
진을 조작해서 사기를 치는 놈들이 있을 것이다.

하지만 그러지 못하게 아예 이쪽에서 전화번호를 따로 입
력해서 발송하게 한다면?

"시스템적으로는 문제가 될 게 없네요. 말씀하시는 걸 들
어 보니 그 비용은 해당 판매자가 내는 것으로 하면 되는 거
니까."

고작 200원. 그게 없어서 판매를 못 하는 사람은 없다.

더군다나 현금으로 내는 것도 아니고 핸드폰 요금 등에 붙
어서 나가는 거니 따로 결제할 필요도 없다.

"전문 업자라면 카드를 등록해서 거래하도록 하는 것도 방
법이고요."

인터넷 사이트도 결국 수익을 내야 하는 기업이다.

보통은 광고비가 수익의 절대적 비중을 차지한다.

"중고천국을 노리시는 겁니까?"

"중고천국에 사기가 워낙 많아서요."

"하긴, 골치 아프기는 하지요."

중고천국에서 들어오는 민원의 수는 어마어마하다.

엄밀하게 말하면 그걸 관리해야 하는 건 중고천국 카페의 사람들이지만, 그곳에는 카페에 가입된 회원들의 민원을 받아 주는 곳조차도 없다.

당연히 그 민원은 자연스럽게 중고천국이 개설된 사이트를 운영하는 회사로 몰려든다.

"하지만 그곳이 폐쇄되면 문제가 될 수 있습니다. 그곳을 쓰는 사람들이 워낙 많아서요."

그렇게 말하며 슬쩍 노형진의 눈치를 보는 사장.

그 모습을 보면서 노형진은 속으로 쓴웃음을 지었다.

'아무래도 그 소문이 사실인 모양이네.'

중고천국의 가입자가 워낙 많기 때문에 현실적으로 그들을 무시할 수 없어 질질 끌려다닌다는 소문.

'물론 이해는 하지만 말이지.'

가입자 1,800만 명이면 대한민국 인구의 3분의 1이니까.

사실 그런 기업형 카페는 애초에 운영이 금지되어 있다. 카페의 이용 약관에도 그렇게 나와 있고 말이다.

그런데 그들은 그걸 모른 척한다.

그래야 자기들에게 수익이 떨어지니까.

"그래서 대안을 만들어 드리지 않았습니까?"

물론 숫자가 많은 것은 사실이다.

필요하다는 것도 인정한다.

그러나 그 과정에서 온갖 범죄가 판치는데 그걸 고치지 않고 방치하는 것은 심각한 문제다.

"그게 과연 성장할 수 있을지의 문제도 있고……. 죄송합니다. 거국적인 상황에서 봤을 때 회사 내규를 어기고 있기는 하지만 처리를 못 할 것 같습니다."

"그렇군요."

노형진은 고개를 끄덕거렸다.

하긴, 사장의 마음이기는 하다.

"사장님."

"네, 말씀하십시오."

"부사장님 좀 불러 주시겠습니까?"

"부사장 말입니까?"

"네."

사장은 고개를 갸웃하면서 부사장을 불렀다.

잠시 후 부사장이 안으로 들어와서 깍듯이 인사했다.

"부사장님."

"네, 말씀하십시오."

노형진이 회사의 최대 주주라는 것은 이미 알고 있는 상황.

그런 상황인 만큼 두 사람은 극도로 조심스러운 자세를 유지했다.

그리고 잠시 후 노형진의 입에서 나온 말은 두 사람의 눈을 크게 확장시켰다.

"혹시 사장 하실 생각 없습니까?"

"네?"

"노 변호사님!"

"지금 사장은 마음에 안 들어서 말입니다. 회사에 심각한 피해를 받고 있음에도 불구하고 고칠 생각이 없네요. 어떻게, 하신다고 하면 제가 지지 선언을 해 드릴 수 있습니다만."

부사장은 말 그대로 안절부절못했다.

노형진이 가지고 있는 주식은 4분의 1 정도.

혼자서 사장의 해임 건의안을 제출할 수 있다.

그리고 그 안건에 표결하기 위해 참가하는 사람들은 많아 봐야 70% 정도 될 것이다.

"이미 현 사장이 기업에 매년 수십억대의 피해를 끼치고 있다는 증거는 있습니다. 그리고 지난 정권에서 홍안수를 편들어서 여론을 조작했다는 의심도 받고 있죠. 그 정도라면 충분히 해임이 될 것 같은데요?"

"......!"

실제로 그런 의심을 받고 있지만 그에 대해 조사가 이루어지고 있지는 않다.

하지만 정권이 바뀌었고, 현 사장이 홍안수 정권과 친밀하게 지냈다는 건 누구나 다 알고 있는 사실이다.

"미래를 위해서라도 잘라야 할 것 같습니다."

"자…… 잠깐만요, 변호사님!"

버럭 소리를 지르는 사장.

그럴 수밖에 없다. 인생 조지게 생겼으니까.

"이런 건 사전에 이야기하지 않으셨잖습니까?"

"협조도 거부하고 막나가시겠다는데 제가 말할 이유가 있나요? 회사 규칙도 씹고, 수십억대의 서버비를 무상으로 제공하면서 그 피해를 복구할 생각도 없으면 사장 자리에서 나가셔야지요."

"그건…… 아닙니다."

"그게 아니라고요? 기억력이 안 좋으시군요. 치매가 오는 건지."

노형진은 피식 웃으며 품에서 핸드폰을 꺼냈다.

"녹음 파일을 들어 볼까요? 그거 복구 못 한다고 말씀하셨습니다만? 아 참, 이건 정식으로 이사회에 제출될 겁니다. 무슨 뜻인지 아시죠?"

그렇게 되면 이사회에서 그를 가만둘 리 없다.

노형진은 그에게 차분하게 지금부터 벌어질 일을 이야기해 줬다.

"아시려나 모르겠지만 저, 여기 말고 다른 곳의 주식도 가지고 있습니다. 물론 거기가 여기보다 작기는 하지만, 그래도 거기도 4분의 1 정도는 가지고 있습니다. 거기에다가 인증된 중고 거래 카페를 만들면 여기는 어떻게 될까요? 하긴 여기는 뭐, 어차피 오래가지도 못하겠지만요."

노형진은 미소를 지으며 말했다.

"그래도 한국 제일의 IT 기업 사장님이신데 저에 대해 모르지는 않으실 테고."

"……."

일단 적이라고 판단되면 어떻게 해서든 파멸로 몰고 가는 노형진.

그의 분노를 피할 방법은 없다는 소문이 파다하다.

"그리고 부사장님."

"네?"

"만일 사장이 부당한 명령을 하거나 불법행위를 하거나 해직시키려는 시도를 하면 저를 찾아오세요. 제가 어떻게 해서든 모가지를 잘라 드리지요."

"그게 무슨……."

"제 라인에 서라는 말씀을 드리는 겁니다."

아주 대놓고 말하는 노형진의 태도에 두 사람은 침을 꿀꺽 삼켰다.

이런 일은 생각도 못 했으니까.

"그런 말은 저기…… 사람 없는 데에서 하시는 게……."

자신을 때려죽일 듯이 노려보는 사장을 보면서 부사장은 쩔쩔맸다.

"왜요?"

"왜냐고 하시면……."

"제가 부사장님을 밀어드리려는 건 사장을 통제하기 위해서입니다. 두 분이 친하게 지내면서 비밀을 감추면 여러모로 곤란하니까요."

"……."

"두 분은 지금부터 둘 중 하나가 죽을 때까지 싸워 주셔야 합니다. 세상이라는 게 그렇지요. 권력이 너무 집중되면 썩기 마련입니다."

현 사장의 능력은 인정한다.

그걸 알기에 노형진도 그냥 넘어가고 있었던 것이다.

그가 홍안수에게 줄을 선 것도, 그러지 않으면 홍안수에게 무슨 짓을 당할지 몰라서였기 때문이라는 것을 아니까.

"하지만 그것과 별개로, 불법을 자행하면서 기업에 타격을 준다면 그건 쫓아내야 하는 대상이지요."

노형진은 그 계획의 일환으로 부사장을 자신의 라인으로 공개적으로 못 박은 것이다.

"사장님께서는 부사장님이 이제 꺼림칙할 겁니다. 자르고 싶겠지요. 하지만 자르면, 저에게 보복당하실 겁니다."

"……."

"부사장님이 원하신다면 지금이라도 바로 해임 건의안을 올리고 바로 이사회를 소집하고요."

대놓고 두 사람이 견제할 수밖에 없는 분위기를 만들어 냄으로써 결과적으로 사장을 통제하는 것.

그게 노형진이 목표로 하는 것이다.

"물론 새로운 중고 거래 카페는 다른 곳에 만들어질 겁니다. 그로 인한 피해도 사장님이 책임지셔야지요. 재산을 제법 많이 모아 두신 걸로 알고 있는데……."

노형진은 잔인한 미소를 지었다.

"길바닥에 나앉으시면 기분이 제법 상쾌하실 겁니다. 자녀분들이 참 좋아하겠네요."

결국 사장은 무릎을 꿇었다.

"노 변호사님…… 잘못했습니다. 제발, 제발 부탁드립니다."

무릎을 꿇고 싹싹 비는 사장의 모습에 노형진은 차갑게 말했다.

"그러니까 이야기를 좋게 해야지요."

느긋하게 말하는 노형진.

"당장 카페 폐쇄하라는 말씀은 안 드립니다. 하지만 지금부터 서버 운영비 정도는 받아야 하지 않겠습니까?"

그의 말은 마치 악마의 말처럼 차가웠다.

중고천국은 발칵 뒤집어졌다.

새롭게 바뀐 카페의 규칙 때문이었다.

"아니, 이게 말이나 돼?"

원래 사이트에서 명시한 카페 규칙은, 상업적 목적으로 카페를 운영하는 것은 불가능하다는 것이었다.

하지만 현실적으로 대부분의 경우 회사에서 모른 척해 주고 있었기에 운영이 가능했다.

그런데 지금 그걸 바꾼 것이다.

카페는 일정 이상의 금액이 유통되는 상업적 목적으로 사용하는 경우 그 표시를 해야 했고, 그러한 카페들은 회사에 그 상업적 목적을 위한 서버비를 내도록 바뀌었다.

그 기준은 카페 내부에서 운영되거나 거래되는 자금이 10억 이상일 경우인 정도로, 사실 작은 기업이나 개인적으로 뭘 파는 사람들이라면 그 정도 금액이 될 수가 없기 때문에 별문제가 없었다.

하지만 10억 이상의 금액이 유통되는, 사실상 카페를 가장한 상업 사이트를 운영하던 자들에게는 날벼락이나 마찬가지였다.

"아니, 이게 말이나 되는 거야! 도대체 서버비를 얼마나 내라는 거야?"

"작년 한 해 기준으로 서버비는 대략…… 12억쯤 될 것 같습니다."

"12억? 어억!"

휘청거리는 중고천국의 주인.

"이건 아니지!"

12억을 주고 나면 현실적으로 운영이 불가능해진다.

물론 운영 자체는 할 수 있겠지만 그 이후에 남는 게 없다.

"씨발, 뭐 하자는 거야? 같이 죽자는 거야, 뭐야? 갑자기 왜……!"

말을 하던 중고천국의 사장은 얼마 전에 찾아왔던 노형진이 생각났다.

그리고 '기회를 주는 것'이라는 말도.

"설마……."

자신에게 중고 사기를 막기 위한 안전장치를 만들어 달라고 했던 변호사에게 이 정도 힘이 있을 거라고는 생각하지도 못했기에 그는 침을 꿀꺽 삼켰다.

"사…… 사장님! 큰일 났습니다!"

다급하게 들어오는 남자.

그는 사장에게 자신의 핸드폰을 내밀었다.

"새로운 중고 카페가 생겼습니다."

"그런 게 어디 한두 곳이야!"

"하지만 이건 다릅니다."

핸드폰을 재빨리 낚아채어 확인해 본 사장은 입을 쩍 벌렸다.

중고 사기 없는 깨끗한 중고월드. 핸드폰 인증을 통해 안전한 중고 거래가 가능합니다.

자신에게 만들라고 했던 사이트, 그게 새롭게 생긴 것이다.

그리고 이미 그쪽으로 넘어간 사람들이 많았다.

중고천국을 쓰다 보면 사기에 안 당할 수가 없는데, 새로운 곳은 그걸 완전히 막았으니까.

"이런 씨발……."

무려 12억이라는 돈을 내게 생긴 중고천국의 사장 얼굴은 사정없이 일그러졌다.

⚖

"결국 중고천국에서도 그 시스템을 집어넣었다면서?"

"그래야 살아남으니까."

수익을 내서 서버비를 내야 하는 그들의 입장에서는 방법이 없을 것이다.

그렇다고 다른 곳으로 갈 수도 없다. 일단 다른 곳은 서버비가 더 비싸면 모를까 결코 싸지는 않으니까.

그리고 중고천국을 이용하는 사람들은 오로지 그 중고천국만을 위해 거기에 가입한 게 아니다.

엄밀하게 말하면 반대로 중고천국이 포털 사이트에 가입한 사람들을 넘겨받아서 영업한다는 느낌이 강했고, 그 때문에 다른 곳으로 옮겨 가도 그 사람들이 따라올 가능성은 제로에 가까웠다.

중고월드라는 안전한 곳이 생긴 데다가 이미 다른 사이트들에는 그 안에 자리 잡은 중고 거래 사이트들이 있었기 때문이다.

"중고천국은 절대 못 떠나. 결국 계속 돈을 벌 수 있는 방법은 하나뿐이지."

노형진이 말한 시스템을 도입하는 것.

물론 협상을 통해 서버비를 조금 아낄 수는 있겠지만, 전처럼 사이트에 기대 편하게, 책임지지 않고 돈을 버는 것은 이제 불가능하게 되었다.

"아마 이것만 해도 중고천국의 사기는 대부분 막게 될 거야."

핸드폰의 명의와 통장의 이름이 다르면 일단 거래하지 말라고 아예 자동으로 뜨도록 설정해 놨기 때문이다.

"그리고 이쯤 되면 사기 전문 집단이 생겨도 결국 또다시 사기는 치지 못할 거야."

물론 지금까지 남아 있던 놈들은 정리해야겠지만 말이다.

"그러고 보니 그 가짜 거래 사이트의 계좌를 바꿔 놨잖아?"

"그렇지."

"그런데 사이트는 운영을 계속하고 있잖아. 그러면 어떻게 되는 거야?"

"어떻게 되긴."

노형진은 씩 웃었다.

"사기꾼들이 모이겠지, 후후후."

노형진의 예상대로 사기꾼들이 해당 기업으로 모여드는 건 당연한 수순이었다.

왜냐? 사이트가 제대로 운영되고 있으니까.

그런데 돈은 안 들어온다. 그러면 무슨 생각을 할까?

둘 중 하나다.

경찰에게 걸렸거나, 자신들에게 사기를 치거나.

어느 쪽이든, 확인해야 한다.

그리고 그 확인을 위해 달려왔을 때 직원들이 멀쩡하게 일하는 모습을 본 그들이 도달한 결론은 하나밖에 없었다.

"자기들도 사기당했다고 생각하겠지. 범죄자들 사이에 의리가 어디 있어?"

노형진은 회사의 CCTV 카메라 영상이 송출되는 화면을 보며 피식 웃었다. 현장은 말 그대로 개판이었다.

-돈 내놔!

-돈 내놓으라고!

-내 돈 내놔!

수십 명의 사람들이 몰려와서 미래홈페이지 사무실을 에워싸고 협박하고 있었다. 그에 직원들은 잔뜩 긴장해서 코너로 몰려가 숨어 있었고, 몇몇이 앞으로 나와서 흥분한 사람들을 진정시키고 있었다.

－저희도 모릅니다. 사장님은 출장 중입니다.
－사장 새끼 어디로 갔어!
－중국으로 출장 가셨습니다.

말 그대로 대혼란.
"아주 싹 몰려왔네."
고래고래 소리를 지르는 사기꾼들을 보면서 노형진은 느긋하게 말했다.
"저게 다 사기꾼들이야?"
"맞아."
"아니, 왜 온 거야?"
"저들 입장에서는, 자기들이 사기 쳐서 번 돈은 자기 돈이거든."
그런데 그게 안 들어왔다. 전화를 해도 기다리라는 말만 한다. 사장이라는 작자는 언제나 출장 중이다.
그러면 의심할 수밖에 없다.
"부처 눈에는 세상 모두가 부처로 보이고 돼지 눈에는 세상 모두가 돼지로 보이는 법이라지?"
애초에 이런 불법 홈페이지를 만들어 준 시점에서 그 사장이라는 놈이 올바른 놈이 아니라는 것은 확실하게 증명되었다.

"그렇게 사기 친 돈이 그러면 어디로 갔겠어?"

"아하!"

저들은 이미 체포되어 있는 사장이 사기를 치고 도망갔다고 생각하고 있는 것이다.

"만일 경찰에 잡혔다면 이미 사이트가 폐쇄되었어야 하는데, 사이트는 계속 돌아가고 거기에다가 돈도 계속 들어왔다. 그런데 그 돈은 어디론가 사라진다?"

"그러니 환장하겠는 거지."

그들 입장에서는 도리어 자기들이 사기당했다고 생각할 수밖에 없다.

"그런데 그런 상황에서 신고를 할 수는 없잖아?"

본인들이 사기꾼이다 보니 신고는 못 한다. 그러면 방법은 뭘까?

"당연히 회사로 몰려오는 거지."

그렇게 회사로 몰려들어서 돈을 내놓으라고 지랄을 하는 것이다.

"그 과정에서 주범급들은 다 여기로 올 테고……."

"주범급들?"

"그래. 그 돈을 남이 찾아서 가지고 오게 하겠어? 당연히 자기들이 직접 가지고 가려고 하겠지. 더군다나 저놈들은 애초에 한국에 사는 것도 아니거든."

중고천국의 사기 중 기업형 사기의 상당수는 해외에서 벌어진다. 태국이나 베트남, 중국 등등 해외에서 아예 조직으로 굴러가기 때문에 경찰들이 못 잡는 것도 있다.

　"그런데 한국에 거기 사람들 보내 봐야 말이 통하겠니? 말도 안 통하는데 무슨 효과가 있겠니?"

　한국을 대상으로 사기를 치는 조직이라면, 한국인들이 주범이라는 소리다. 바로 그들이 돈을 찾기 위해 한국으로 들어온 것이다.

　"아마 저 안에 너한테 사기 친 놈도 있겠지."

　느긋하게 말하는 노형진.

　그러는 사이에도 안쪽은 시끄럽기 그지없었다.

　ㅡ저희도 벌써 3개월째 월급을 못 받았습니다.

　억울하다는 듯 말하는 남자.

　물론 그는 경찰이다.

　현장에 있는 진짜 직원들은 조사 결과 아무것도 모르고 이용당한 것이 분명한 일부뿐이고, 나머지 사람들은 모두 경찰로 채워서 자리만 지키게 만들었다.

　ㅡ그 새끼 어디에 있냐고! 사장 불러!

　ㅡ사장님은 그저께부터 연락이 안 되고 있어요. 벌써 수백 통 넘게

전화했는데…….

천연덕스럽게 말하는 경찰. 눈이 돌아가는 사기꾼들.

-돈 내놓으라고!

버럭 소리를 지르는 남자를 보다가 노형진은 오광훈을 돌아보았다.
"다 온 것 같은데 더 시간 끌 필요 있나?"
"그런가?"
"뭐, 어차피 지금 저 새끼들 잡아간다고 해도 다른 데 운영하는 놈들이 또 올 테니까."
그들은 그때 잡으면 된다. 일단 뉴스에도 안 나가고 서버가 멀쩡하게 돌아가고 있으면, 사기꾼들은 경찰에 잡혔다고는 생각하지 않을 테니까.
"주범들은 다 온 것 같으니까 깔끔하게 처리하자고."
오광훈은 무전기를 들고 명령을 내렸다.
"모조리 연행해."
가만히 있던 직원 중 한 명이 그 무전을 듣고 앞으로 나섰다.

-아, 그리고 사장님들이 오시면 보여 드리라고 한 게 있어요.
-뭐? 뭔데?

-이거요.

그렇게 말하면서 자신의 신분증을 내미는 경찰.

-경찰입니다. 투항하세요.

아주 잠깐의 침묵이 흐르고, 몰려 있던 사기꾼들은 다급하게 도망치려고 했다.
그러나 도망칠 수 있는 모든 통로는 이미 봉쇄되어 있었다.
게다가 이곳은 6층이기에 뛰어내려서 도망갈 수 있는 높이도 아니었다.

-씨바아알!
-튀어!
-재주껏 튀어 봐, 이 새끼들아!

난장판이 되는 회사를 보면서 노형진은 피식 웃었다.
"이건 언제 봐도 참 재미있다니까, 후후후."

⚖

결국 그 이후에 온 놈들까지 합쳐서 사기꾼들은 모조리 박멸되었다.

그들은 현장에서 체포당해서 바로 경찰서로 끌려갔다.

그리고 중고천국에서는 사기꾼이 거의 박멸되다시피 했다.

"중고천국 사기 건수의 90%가 줄었단다. 어이없네, 진짜."

저녁을 먹으며 오광훈은 최근의 기록을 말해 주면서 혀를
끌끌 찼다.

누구도 막지 못할 거라던 중고천국 사기를 이렇게 막을 수
있게 되리라고는 상상도 못 했으니까.

"내가 말했잖아, 이런 사기는 못 막는 게 아니라 안 막는
거라고."

단순한 핸드폰 인증이라는 간단한 과정을 통해 사기를 칠
수 있는 방법이 거의 막혀 버린 것이다.

사기꾼의 대포폰과 대포통장 명의가 같을 가능성은 제로
에 가까웠으니까.

"일부 그런 놈들이 없는 건 아닌 모양이지만."

그나마 다행인 건, 이번 사건이 대대적으로 문제가 되면서
일단 의심되면 계좌를 무조건 잠그는 쪽으로 규정이 바뀐 것
이다.

그러다 보니 중고 사기는 급속도로 사라지고 있었다.

"야, 경찰에서 너한테 절이라도 하고 싶은 것 같더라."

오광훈의 말에 손채림은 신기하다는 듯 물었다.

"그 정도예요?"

"네, 그 정도네요. 사이버 팀 같은 경우는 몇 년 만에 휴가 가는 사람도 있는 모양이고."

범죄자들이 어마어마하게 줄어든 덕분에 다른 사건에 시간을 할당하게 되어 체포율도 높아지는 상황.

"원래 그런 거지."

일단 사기를 치던 놈들은 대부분 잡혀 들어갔고, 그들을 취조해서 각국에 숨어 있던 조직들을 일망타진하는 데 성공한 덕분에 기업형 범죄자들도 싹 사라진 상황이었다.

"그나저나 그 〈동편제〉는 구한 거야?"

"없더라고."

"그렇겠지. 이제는 구하기 쉽지 않을 테니까."

그러면서 노형진은 DVD를 하나 스윽 내밀었다.

"이건 뭐야?"

"〈동편제〉."

"뭐? 블루레이가 있어? 아니, 이거 진짜는 아닌 것 같은데?"

"진짜 가짜가 어디 있어?"

"아니, 내 말은…… 그, 정품은 아닌 것 같다는 거야."

노형진은 손채림의 말에 고개를 끄덕거렸다.

"정품이라는 게 회사에서 나온 걸 뜻한다면 아니야. 하지만 정당한 상품이냐고 묻는다면? 맞아. 이거 영상물보호위원회에서 정당하게 허가받고 돈 주고 복제한 거야."

"어? 그런 데가 있어?"

"그런 데가 있다."

비록 제대로 된 상품은 아니지만 그래도 권리문제에 있어서는 깔끔하게 처리된 상품이다.

"이걸로 드리면 될 거야."

"역시 노형진. 뭐 하나 빠지는 게 없네."

살포시 웃으며 그걸 챙기는 손채림.

그걸 보고 있던 오광훈은 노형진에게 살짝 물었다.

"거기에 영상물 많아?"

"어지간한 건 다 있지. 그러니까 영상물보호위원회지."

"그러면 혹시……."

아예 바짝 붙어서 더욱 목소리를 낮춰 손채림이 듣지 못하게 조심하며 오광훈은 나지막하게 물었다.

"〈딤섬 부인 국물 터졌네〉 1편도 있냐?"

노형진은 그런 오광훈을 어이없다는 표정으로 바라보다가 고개를 흔들며 핸드폰을 들어 검색했다.

그리고 더 얼빠진 목소리로 말했다.

"……있네?"

"역시! 명작은 모두가 알아보는 법이군!"

"명작이라……."

노형진은 심각하게 그 명작의 기준에 대해 고민할 수밖에 없었다.

역사의 변곡점

"죄송합니다, 각하. 막을 수가 없습니다."

"다음 선거에서 이길 가능성은?"

"제로입니다."

총리 관저의 분위기는 이루 말할 수 없을 정도로 무거웠다. 야베 정권의 몰락이 코앞으로 다가왔으니까.

"만일 그렇게 되면 우리가……."

말을 하던 야베는 순간 말문이 막혔다.

자신이 이렇게까지 몰락할 거라고는 상상도 하지 못했으니까.

"우리가…… 감옥에 가게 될 가능성은?"

"100%라고 봐야 합니다."

이미 주변에 적을 너무 많이 만든 데다가, 해 처먹은 것도 너무 많다.

특히 한국이 국가 단위에서 온갖 불법을 추적하기 시작하면서, 야베의 추문에 관련된 정보가 그쪽에 넘어갔다고 봐야 하는 상황이다.

"진정 해결 방법은 없는 건가?"

"……."

아무리 정치적으로 닳고 닳은 인간들이라고 해도 불가능을 가능으로 바꿀 수는 없다.

물론 전이라면 가능했을지도 모른다.

하지만 지금은 안 된다.

"자금이 부족합니다."

당장 들어오던 수많은 뇌물과 정치자금이 딱 끊어졌다.

이게 의미하는 건 하나뿐이다.

바로 일본의 재력가와 기업도 현 정권은 사실상 끝장이라고 판단했다는 것.

그래서 다음 정권에 잘 보이기 위해 줄을 바꿔 타기 시작했다는 것.

뿌드득, 야베의 입에서 이가 갈리는 소리가 흘러나왔다.

하지만 아무리 야베라고 해도 현 상황을 바꿀 만한 방법은 없었다.

"……."

좌중에 흐르는 차갑고도 무거운 침묵.

이러지도 저러지도 못한다.

물론 일부는 살아남을 것이다.

아무리 정권이 바뀐다고 해도, 모든 의원들이 다 사라지는
건 아니니까.

"하지만 다음번 정권에서는 가만두지 않겠지."

이미 한번 정권이 바뀌었다가, 제대로 준비를 못해서 다시
권력을 빼앗긴 반대파들이다.

그들 입장에서는 권력을 다시 가지게 되면 어떻게 해서든
제대로 뭐든 해 보려고 할 가능성이 높다.

쉽지 않겠지만 말이다.

"가장 큰 문제는 새롭게 성장한 놈들입니다."

노형진이 일본의 사기꾼들을 모아서 지역사회에서 성장시
키고 만들어 둔 정치 조직.

그들은 극도로 욕심이 많은 인간들이지만 그 덕에 이런 기
회를 잘 이용할 줄 안다.

쉽게 말해서 야베 파벌의 정반대에 있는 자들이다.

"그 신진 세력이 다음 선거에서 이기게 된다면……."

도둑놈은 도둑놈을 알아본다고, 그들이 권력을 잡으면 야
베의 모든 추문을 털어서 다시는 권력에 도전하지 못하게 할
것이다.

그래야 자신들이 오래 해 처먹을 수 있으니까.

한참이나 침묵을 지키던 야베가 조심스럽게 입을 열었다.

"방법은 하나뿐이군."

"야베 각하, 방법이 있는 겁니까?"

"그래, 딱 하나 있지."

"말씀만 하시면 바로 실행하겠습니다."

"역시 야베 각하."

"야베 님은 언제나 방법을 찾으셨지."

야베의 말에 얼굴이 환해지는 주요 당직자들.

그러나 다음 순간, 그들의 얼굴은 사정없이 창백해졌다.

"이미 한국에서 한번 보여 주지 않았나."

"네? 한국에서 말입니까? 하지만 한국에서 우리에게 도움을 준 적은 없는데……."

"그게 아니라 방법을 말이야. 홍안수가 우리에게 알려 줬지."

"홍안수라고 하시면……."

이제는 감옥에서 평생을 살게 된 홍안수.

그는 일본의 스파이였다.

그런 그가 해결책을 알려 준 적은 없다.

더군다나 한국을 통해서는 더더욱 말이다.

홍안수가 마지막에 보여 준 것은 단 하나였다.

"설마…… 쿠데타 말씀이십니까!"

모두의 눈이 커졌다.

쿠데타. 국가를 전복하는 행위.

그건 그들이 생각해 보지 못한 부분이었다.

하지만 야베는 단호했다.

"달리 방법이 있나?"

"……."

이미 선거에서 이길 방법은 없다.

설사 선거에서 이긴다고 해도, 몰락하는 일본의 현 상황을 뒤집을 방법은 없다.

이미 일본의 빚은 1,000%가 넘었고 예산의 3분의 1이 그 빚을 갚는 데 들어가고 있다.

그마저도 간신히 이자의 상환 시기가 도래한 것만 틀어막는 상황.

올림픽을 통해 일본의 건재함을 증명하려고 했지만 그마저도 실패했다.

한국을 때려서 자신들의 존재를 증명하고 일본 내부에 있는 극우 세력을 모으려고 했지만 그 또한 한국에 결국 패하고 말았다.

전시 작전권을 가진 미국 입장에서는 한국의 적으로 분류된 일본에 대해 군사작전을 준비할 수밖에 없었고, 미군이 군사작전을 하는데 미국 정부가 일본에 무기와 물자를 수출할 수는 없는 노릇이기에 결국 미국은 야베를 몰아붙여서 한국에 대한 경제적 보복을 못 하게 막아 버렸다.

사실 상황이 거기서 끝났으면 문제가 안 되었을 것이다.

하지만 미국은 끝끝내 자신들의 말을 듣지 않고 최후까지 한국과 전쟁하려는 분위기를 조성하던 일본을 가만둘 수 없었고, 알게 모르게 경제적 보복이 시작되면서 이제 일본은 돌이킬 수 없는 선을 넘어 버렸다.

"만일 이번 선거에서 이긴다고 치세. 다음 선거는? 그다음 선거는?"

일본과 다르게 한국은 성장하고 있고, 그걸 막을 수 있는 방법은 없다.

더군다나 노형진이라는 존재는 그런 한국보다 더 무서운 상황이었다.

간계를 통해 일본 내부를 끊임없이 흔들고 야베와 극우 세력의 힘을 빼 놓았다.

이미 허수아비라고 생각했던 천황가에 정치적 자리를 마련해 주고 그걸 통해 세력을 모았다.

천황 아래로 모여든 각 신사를 통해 천황의 직접적인 의사가 전달되기 시작하자 극우 세력 중 천황 지지자들이 그쪽으로 넘어갔고, 결국 세력이 양분된 극우 세력이 서로 싸우기 시작하면서 힘도 못 모으고 있었다.

'그걸 해결하기 위해 한국을 공격한 건데.'

그런데 그마저도 패하면서, 사실상 모든 방법이 막혀 버린 상황.

"만일 우리가 쿠데타를 일으키면 어떻게 되겠나?"

"그러면……."

좌중에 흐르는 침묵.

여기에 있는 누구도 그를 막을 생각을 못 했다.

아니, 그럴 수가 없었다.

어차피 여기에 있는 사람들은 끝이 좋을 수가 없는 상황.

더군다나 아무리 그래도 야베의 힘은 아직까지 절대적이다.

만일 제보한다고 해도, 야베의 힘이면 그걸 묻어 버리고 신고자를 죽이기에는 충분하다.

"자위대는 충분히 가능합니다."

쿠데타를 하기 위해 가장 필요한 것은 바로 무력이다.

하지만 일본에는 군대가 없다.

있는 것은 오로지 자위대뿐.

"자위대를 지배하는 대부분인 장교와 장성은 극우파로 바꿔 났습니다. 만일 명령이 떨어지면 야베 총리를 위해 목숨이라도 바칠 것입니다."

사실 아무리 세계 수위권의 군대라고 해도 자위대는 공무원이다.

더군다나 자위대에 들어가는 사람들은 대부분 인생 막장인 상태에서 갈 곳이 없어서 간다고 한다.

그 긴 불황기에도 자위대는 심각하게 기피 대상이었다.

오죽하면 자위대 병력의 60% 이상이 40대다.

그나마 들어오던 젊은 사람들이, 경기가 잠깐 나아지자 아예 지원을 하지 않게 되었기 때문에 벌어진 일이었다.

"국민들은?"

"국민들이 우리에게 저항할 가능성은 없다고 봐도 무방합니다."

일본의 국민들은 우민화 정책 때문에 노예에 가까운 삶을 살고 있다.

당연히 나라를 뒤집는다고 해도 저항할 사람은 거의 없다.

시위에 5천 명만 나와도 나라가 뒤집어질 정도의 시위라고 말하는 게 일본이다.

한국은 5천 명이 나온 시위는 취급도 안 해 주는데 말이다.

"현실적으로 일부가 저항한다고 해도 제압은 어렵지 않습니다."

한국과 다르게 일본은 징병제가 아니다.

만일 한국에서 내전이 일어나고 세력이 갈라진다면 어떻게 될까?

예비역으로 제대한 수많은 사람들이 자신의 신념에 따라 지원하기 시작할 테고, 그 세력에서는 그들을 무장시킬 게 뻔하다.

총에서 포와 탱크까지, 모든 것을 다 운영할 수 있는 진짜 심각한 내전이 되어 버린다.

하지만 일본은 아니다.

일단 무기가 없는 일반인들이 신념에 따라 지원한다고 해도 그들을 무장시킬 무기도 없고, 설사 그들에게 무기를 준다고 해도 사용법도 모른다.

소총도 모르는데 장갑차나 전차, 대포 같은 건 꿈도 못 꾼다.

군, 아니 자위대만 통제하면 나라를 통째로 먹을 수 있다.

"하지만…… 각하, 그건……."

몇몇은 꺼리는 눈치였다.

그러나 야베의 머릿속은 이미 끝장을 보자는 생각으로 가득 차 있었다.

어차피 여생을 감옥에 있을 거라면 차라리 죽는 게 나았다. 야베의 나이를 생각하면 죄가 드러날 경우 아마 죽는 순간까지 나오지 못할 테니까.

"나라를 뒤집으면 우리에게 기회가 생기지."

"그게 무슨 말씀이십니까?"

"중국처럼 새로운 국가를 세울 수 있다는 거야."

"……!"

기본적으로 새로운 나라가 생겨도 대부분은 전통을 이어간다고 한다.

그래야 국가로서 인정을 받기 쉬우니까.

물론 이 경우, 전 국가의 부채 등을 그대로 물려받아야 하는 단점이 있다.

실제로 프랑스의 총리에게 과거 나폴레옹이 써 준 징발서에 따라 돈을 요구한 마을이 있었다.

그리고 프랑스는 그 당시 프랑스 제국의 적통을 주장하기에 그 돈을 실제로 줬다.

무려 130년 전 채권이었는데도 말이다.

다만 이자를 안 줘서 욕은 좀 먹었지만.

반대로 적통임을 거부하고 완전 신생으로 시작해서 아무것도 계승하지 않는 나라가 있다.

바로 중국.

중국은 완전히 새로운 나라라 주장하며, 그 전의 나라인 청나라의 어마어마한 빚을 갚지 않고 무시해 버렸다.

"우리도 그건 가능하지."

1,000% 넘는 빚. 그걸 갚는 건 사실상 불가능하다.

다른 곳에는 전혀 쓰지 않고 오로지 빚만 갚는다 해도 꼬박 10년이다.

그러니 차라리 그걸 부정하는 게 더 나을 수도 있다.

"설마……."

"그 빚이 사라진다고 해서 우리의 선진 기술까지 사라지는 건 아니야."

야베의 계산에 따르면, 그 기술이면 충분히 다시 국제사회에서 자리를 잡을 수 있을 것이다.

"더군다나 그 대부분은 국민의 빚 아닌가?"

일본 국채의 대부분은 해외에 판 게 아니라 국가에서 국내의 시민들과 은행에 강제로 판매한 것이다.

"즉, 국제사회에서 인정받기는 쉽다는 거지."

상대적으로 빚이 적으니 그것만 어떻게 정리하면 말이다.

"……."

물론 그런 상황이라면 일반적으로는 국민들이 들고일어날 것이다.

하지만 과연 일본 국민들이 들고일어나 저항할 수 있을까?

무기를 들 줄도 모르고, 그 많은 범죄와 부정부패에도 단 한 번도 저항해 본 적이 없는 일본의 사람들이?

"역시……."

처음에는 우려 섞인 표정이던 야베 주변의 정치인들은 심각한 표정으로 침을 꿀꺽 삼켰다.

"만일 그게 가능하다면……."

"새로운 나라를 만들어 새로운 세상으로 나갈 수 있지. 헌법도 바꿀 수 있고."

"헌법!"

야베가 끝까지 고치고자 했던 평화 헌법.

그 헌법을 고쳐야 전쟁 가능 국가가 되고, 이 저주받은 방사능오염 지대를 떠나 다른 곳으로 갈 수 있게 된다.

그게 어디가 될지는 모르지만, 최소한 여기보다는 나으리라. 가능하면 한국 같은…….

"가능할지도 모르겠습니다."

모두의 눈에 광기가 번쩍거리기 시작했다.

새로운 나라를 만든다는 것.

그게 굳이 민주국가일 필요는 없다.

왕정 국가를 세우고 귀족제를 만드는 것, 그것도 나쁘지 않다.

일본은 그런 귀족제에 대한 환상이 많은 나라다.

그러니 그곳에서 귀족이 된다면…….

'영원한 권력을 가질 수 있다.'

이미 국회의원으로서 그걸 자식에게 대물리면서 권력을 쥐고 있지만, 그것만으로는 부족했다.

속임수가 아니라 혈통만으로 넘겨받을 수 있는 강력한 권력.

"조용히 일을 준비하게."

야베의 말. 모두들 고개를 끄덕거렸다.

"문제가 될 수 있는 자위대 장교들은 모조리 대기 발령시키거나 해직시켜. 오로지 우리 사람으로만 자위대를 운영하도록 하게."

"그러면 요히토 일가는 어떻게 하시겠습니까?"

요히토 일가. 그들의 왕인 천황가.

그러나 이들은 이미 그들을 왕으로 인정하지 않고 있었다.

"얼마 후면 요히토가 천황이 됩니다."

사실 야베가 쿠데타를 결심하게 된 이유 중 하나가 바로 그것이었다.

요히토는 천황이 될 몸이지만 현재 야베와 사이가 안 좋다.

어떻게 해서든 그들의 힘을 빼기 위해 노력할 것이다.

당연히 법의 정의라는 이름으로 자신들을 파멸시킬 테고 말이다.

"야베 덴노라⋯⋯."

노형진이 그를 코너로 만들기 위해 고의적으로 퍼트린 소문.

그 소문으로 인해 야베는 잠깐 코너에 몰리기도 했다.

하지만 마치 마법처럼 그 단어가 머릿속에 박혀 버렸다.

"야베 덴노라는 이름, 잘 어울리지 않나?"

그곳에 있는 모두가 고개를 끄덕거리면서 미소를 지었다.

⚖

"영 찜찜한데."

신동하는 친구의 말에 어리둥절한 표정이 되었다.

"뭐가?"

"아니, 요즘 자위대 상관들이 자주 바뀌어. 승진 철도 아닌데."

"그럴 수도 있지."

신동하는 시큰둥하게 말했다.

사실 신동하는 거의 평생을 바닥에서 살았고, 그 때문에 사회적으로 비슷한 처지의 사람들을 많이 만났다.

그리고 그런 사람들은 취업을 하기 힘들어서 어쩔 수 없이 막장이라 불리는 곳에 많이 들어간다.

그나마 양심적인 사람들이 갈 수 있는 곳은 많지 않았기에 자위대에도 많이 가서, 신동하의 친구 중에는 생각보다 자위관들이 많았다.

"야 베가 뭐 이런 뻘짓 하는 게 어디 한두 번이냐?"

권력을 잡은 후부터 그는 언제나 강경한 극우 전략을 써 왔다. 그 때문에 자위대 대부분의 지휘관들은 극우 세력으로 바뀌었다.

신동하의 친구 같은 하위직 자위관들은 그런 상태에 불만을 많이 가지는 상황.

"네가 그렇게 의심스럽다고 하는 게 뭐 하루 이틀이고?"

"하긴, 그래."

신동하는 친구의 잔에 맥주를 채워 주면서 피식 웃었다.

"뭐, 지난번에 해상자위대 동원할 때는 진짜 죽는 줄 알았지만."

"그러고 보니 사토 녀석, 그날 거의 대성통곡하던데?"

사토는 그들의 친구로, 해상자위대에 들어간 사람이었다.

"설마 거기에 배치받았던 거야?"

"그랬나 봐."

"아주 심장이 쫄깃했겠네."

키득거리면서 웃는 두 사람.

그러나 요즘 분위기가 워낙 좋지 않았기 때문에 이런 짧은 웃음만으로는 왠지 암울하게 가라앉는 듯한 느낌을 지울 수가 없었다.

"그나저나 너도 조심해. 얼마 전에 야베한테 찍혀서 감옥까지 갔다 왔잖아."

"그러긴 했지만…… 그런데 정말 무슨 일 있어? 아까부터 왜 자꾸 그런 소리를 해?"

"아니, 요즘 자위대 내부에서 이상한 말이 돌아."

"말?"

"말이라기보다는, 일종의 교육 같은 건데……."

"교육?"

고개를 갸웃하는 신동하에게 친구는 목소리를 낮춰서 말했다.

"충성의 대상이 누구인가에 대한 문제."

"무슨 소리야? 그건 당연한 거 아니야?"

천황이라고 말하는 게 아니다.

충성의 대상은 국민이다.

설사 그게 명목상의 대상이라고 해도 말이다.

대한민국도 그렇고 다른 나라도 그렇고 국민을 군대의 위에 두지, 아래에 두는 나라는 독재국가뿐이다.

"그게 좀 이상한데. 충성의 대상을 야베라고 가르쳐."

"야베?"

"아니, 정확하게는 정당한 권리를 가진 현 정권의 지도자라고 순화하기는 하는데, 그게 누구겠냐?"

당연히 야베다.

물론 다음 선거에서 패배할 가능성이 거의 100% 수준이라지만, 그래도 아직 선거 전이기에 현실적으로 야베가 지도자인 것은 사실이다.

"그러니까 정부가 아니라 정권에 충성하라고 가르친다고?"

"그래."

"말도 안 돼."

"안 되긴. 내가 그렇게 들었다니까. 왜 그러는지는 모르겠지만."

"으음……."

신동하는 왠지 불안감이 치밀어 올랐다.

그는 곧 자리에서 벌떡 일어났다.

"나 어디 좀 가 봐야겠다."

"어딜?"

"어, 그냥, 일단……."

가려고 하던 신동하는 멈칫했다.

그리고 친구를 바라보았다.

"너 혹시 남는 군복 있냐?"

"으응?"

신동하는 바로 천황가에 알현을 신청했다.

바로바로 만날 수 있으면 좋겠지만 그게 바로 진행되지 않는 게 현실이었다.

원래도 이것저것 바쁜 게 천황가고 종교적인 대표성을 가지게 되면서 더더욱 바빠졌으니까.

그래서 알현을 신청한 지 무려 일주일이나 지난 후에야 그는 요히토 황태자를 만날 수 있었다.

"오랜만이군, 신동하. 그래, 어쩐 일인가?"

"강녕하셨습니까, 황태자 전하."

신동하는 고개를 숙이고는 침을 꿀꺽 삼켰다.

"주변의 사람들을 물리쳐 주실 수 있습니까?"

"주변 사람들을?"

"긴히 드릴 말씀이 있습니다."

"흠……."

요히토는 잠깐 고민하는 듯하더니 고개를 끄덕거렸다.

"차라리 자리를 옮기도록 하지."

"네?"

"여기는 공식적인 자리야. 자꾸 녹음을 하려고 하니 불편하더군."

"아아."

정치인들의 녹음 파일을 모으는 건 요히토가 노형진에게 배운 방법이고, 그 때문에 정치인들은 섣불리 요히토를 이용해 먹지 못했다.

하지만 매번 누구를 만날 때마다 녹음한다고 뭔가 꺼내는 것도 복잡하기에, 요히토는 아예 이 방에 녹음기를 설치하도록 했다.

"비밀 이야기인가?"

"그렇습니다, 황태자 전하."

"그러면 내 집무실로 가도록 하지."

잠시 후 그들은 요히토의 방으로 이동했고, 그곳에서 신동하는 자신이 친구에게 들은 이야기를 차분하게 말했다.

"충성의 대상이 짐이 아니라 정권이다?"

"그렇습니다. 친구의 말로는 그렇게 가르치고 있다고 합니다. 혹시나 하는 마음에 다른 친구들에게도 물어봤는데, 다들 같은 교육을 받고 있다고 합니다."

"원래 나는 정치적으로는 아무런 힘이 없으니 틀린 말은 아니지 않나?"

"물론 그렇습니다만, 그렇기 때문에 따로 교육할 필요도 없다고 생각합니다."

"무슨 말을 하는 건가?"

"요히토 전하, 아시겠지만 저에게는 한국인의 피가 섞여 있습니다."

"알고 있네, 신동하 군."

고개를 끄덕거리는 요히토.

주변에서 신동하를 가장 싫어하고 가장 씹어 댈 때 쓰는 게 바로 핏줄 문제다.

천황가의 가장 든든한 후원자이자 충성파이기는 하지만 그는 순수 일본인이 아니라 한국의 혈통이라는 거다.

그런 신동하를 옆에 두는 것은 천황가의 명예를 더럽히는 짓이라면 거품을 무는 자들이 꽤 많았다.

물론 요히토는 그 말을 철저하게 무시했다.

진짜로 힘이 없던 시절, 어떻게 해서든 힘을 돌려주려고 노력한 게 바로 신동하이고 끝까지 옆에 있어 준 것도 그였으니까.

"말해 보게, 자네를 탓하지는 않으니."

신동하는 긴 한숨으로 벌렁거리는 가슴을 진정시키고 조심스럽게 입을 열었다.

"제가 한국과 함께 일하게 되면서 한국의 역사에 대해 조금 배웠습니다. 그래 봤자 근대사 정도이고, 한국인들이 왜 그렇게 일본인을 싫어하는지에 대해 알아본 것입니다만."

"하긴, 한국에서 배우는 진실과 우리가 배우는 진실은 다르지."

일본의 역사교육에는 한국에서의 수탈도, 학살도, 착취도, 여성 성 노예나 산 사람을 이용한 생물학 실험 이야기도 없다.

하지만 요히토는 그걸 배웠기에 어느 정도는 한국인들의 마음을 이해했다.

"그것 때문에 그러나?"

"아닙니다. 한국 점령기에 있었던 일에 대해서 저는 양쪽을 다 바라봐야 하는 시점의 사람으로서, 언급하는 게 좋지 않다고 생각합니다."

"그러면? 하고자 하는 말이 뭔가?"

"지금 분위기가 한국의 특정 시기의 분위기와 너무 비슷합니다."

"비슷하다니?"

"쿠데타의 느낌이 납니다."

요히토는 침묵을 지켰다.

쿠데타. 그건 말도 안 되는 소리다.

하지만 또 무작정 무시할 수도 없는 소리다.

허수아비 천황으로 평생을 살아온 아버지, 그가 가장 무서워했던 것이 바로 쿠데타로 쫓겨나는 것이었다.

사실 법적으로 쿠데타를 일으킨다고 해도 일본은 별로 바뀔 것이 없기는 하다.

어차피 공식적으로만 지도자일 뿐, 실질적으로 천황가는 허수아비니까.

하지만 그 때문에, 엄밀하게 말하면 쿠데타의 가능성은 언제나 존재했다.

더군다나 야베의 경우는 어떻게 해서든 헌법을 고치려고
한다.

목적은 전쟁 가능 국가라고 하지만, 거기에 천황제의 폐지
같은 걸 포함시키지 말라는 법은 없다.

"자세하게 이야기해 보게."

"현재 야베가 보이는 모습은 한국에서 쿠데타 이전에 군
내부를 단속하던 모습과 비슷합니다."

"으음……."

요히토는 긴 한숨을 쉬면서 주먹을 꽉 쥐었다.

사실 그가 가장 걱정하는 것이 바로 그 부분이었다.

"하지만 헌법이 있지 않나?"

"일단 쿠데타를 일으키면 헌법은 아무 소용 없습니다. 한
국의 헌법도, 국회가 요구하면 대통령은 무조건 계엄령을 풀
도록 되어 있습니다만, 홍안수는 친위 쿠데타를 일으키면서
헌법을 정지시켰습니다."

"……."

쿠데타라는 것은 권력을 잡기 위한 행위다.

실패하면 반역자로서 평생을 감옥에서 살든가 아니면 사
형을 피할 수가 없다.

그런 상황에서 누가 법을 지켜 가면서 쿠데타를 일으키겠
는가?

"잘못 안 것은 아닌가?"

"저도 그랬으면 좋겠습니다만……."

신동하는 조심스럽게 말했다.

"그렇지 않다면 무슨 일이 벌어질지 모릅니다, 전하."

"만일 쿠데타가 벌어진다면……."

요히토는 생각이 많아졌다.

과연 자신이 막을 수 있을까?

아니, 자위대가 그 쿠데타를 제압해 줄까?

결론은 금방 나왔다.

불가능하다.

지금까지 천황이 군무에 단 한 번도 나선 적이 없는데 과연 누가 천황에게 충성을 바칠까?

애초에 군 내부의 승진에 대한 권한은 오로지 야베가 쥐고 있다. 즉, 지금 지휘관급은 모조리 다 야베의 사람이라는 소리다.

국민들이 나서 주면 좋겠지만 그것도 무리로 보인다.

설사 나선다고 해도, 전쟁은커녕 시위도 제대로 안 해 본 것이 바로 일본의 국민들이다.

"하지만 어찌 될지 모르는 문제 아닌가?"

저쪽은 사실 쿠데타 생각도 없는데 이쪽에서 설레발칠 수도 없는 노릇이고, 그렇다고 가만히 있다가 당할 수도 없는 노릇이다.

"그리하여 드리는 말씀이온데……."

신동하는 자신의 옆에 있는 가방을 천황에게 밀었다.

"그건……."

"제 친우의 군복입니다. 비상시에 이걸 입고 탈출하시는 것이 어떨지."

"탈출?"

"그렇습니다. 만일 쿠데타가 벌어진다면 가장 먼저 이곳을 점령할 것이 분명합니다."

수많은 자위관들이 달려올 것이다. 그들 사이에 숨어서 마치 자위관인 양 하며 탈출하라는 거다.

"이 옷을 입고?"

물론 천황궁에 도피로가 있다면 좋겠지만 애석하게도 그런 건 없다. 설사 있다손 치더라도, 그걸 야베와 이곳을 관리하던 사관들이 모를 리가 없으니 이미 모두 막혀 있을 것이다.

"하지만 아무리 그들이라고 해도 전하께서 군복을 가지고 있으리라고 생각하지는 않을 테니까요."

"고맙네. 일단은 받아 두도록 하지. 하지만 그런 일이 없으면 좋겠군."

요히토는 진지하게 말했다.

"저 역시 마찬가지입니다, 전하."

신동하는 그의 말에 동의하면서도 일말의 불안감을 버리지 못했다.

신동하는 그날부로 집을 나왔다.

만일 쿠데타가 벌어진다면 자신이 최우선 표적이 될 건 당연한 일이기 때문이다.

그래서 안전을 위해 요트를 사서 자신만이 아는 곳에 숨겨두고, 숙소는 그날그날 랜덤하게 결정했다.

최소한의 피할 시간은 벌기 위해서였다.

그렇게 시간이 지나고 자신이 잘못 생각한 걸까 하는 그때, 그는 자신을 따라다니는 정체 모를 차량을 발견했다.

"저건······."

검은색의 SUV. 자신을 따라오는 그 차량을 보면서 신동하는 입술을 깨물었다.

그는 형제들의 문제로 누군가의 감시에 진력이 나 있었기 때문에 그 차가 자신을 따라오는 거라는 것을 어렵지 않게 알 수 있었다.

문제는 그게 갑자기 보였다는 거다.

그런 걸 그가 놓칠 가능성은 높지 않다.

가능성은 단 하나.

'설마.'

혹시나 하는 생각이 들었지만 순순히 인정할 수는 없었다.

그러나 그렇다고 그냥 당해 줄 수도 없는 노릇.

'미리 준비해 두길 잘했지.'

신동하는 차를 몰고 천천히 요트가 있는 곳으로 향했다.

요트는 인적이 없는 곳에 뒀기 때문에 갈수록 거리에는 점점 차들이 줄어들었고, 어느 순간 도로를 달리는 것은 그 검은색 SUV와 자신의 차 두 대뿐이었다.

'이건 빼도 박도 못하는군.'

신동하는 쓴웃음을 지으며 어느 작은 샛길로 들어섰다.

계속 뒤를 따라오는 차량.

하지만 그 차량은 신동하가 왜 거기로 들어왔는지 몰랐다.

신동하는 추적을 막기 위해 버튼식으로 작동되는 송곳을 그 샛길 땅속에 숨겨 놨던 것.

그는 지나가자마자 바로 버튼을 눌렀고, 자동으로 땅속에서 송곳이 튀어나왔다.

밤이었기에 그걸 발견하지 못한 뒤쪽의 차량은 갑작스러운 펑크에 휘청거리더니 도로 옆으로 빠지면서 나무를 그대로 들이받았다.

점점 작아지는 그들의 모습을 백미러로 보면서 신동하는 입술을 깨물었다.

⚖️

−현 시간부로 일본 전역에 비상사태를 선포하며 모든 사람의 이

동을 금지합니다. 치안은 경찰과 자위대가 유지합니다. 또한 현 시간부로 일본의 헌법을 정지하며, 모든 국민들은 안전한 집에서 대기하여 주시기 바랍니다. 이 모든 것은 자랑스러운 일본의 안전과 미래를 위한⋯⋯.

요히토는 라디오에서 나오는 말에 심장이 벌렁거렸다.

설마라고 생각했는데 현실이 되었다.

야베는 비상사태를 선포하고 헌법을 정지시켰다.

그리고 자위대가 총동원되어 주요 도시를 점거하기 시작했다.

물론 그 안에는 천황궁도 있었다.

"아버님은?"

"이미 자위대에 포위당하셨답니다."

신동하가 왔다 간 이후로 그는 주변을 오로지 자신이 믿을 만한 사람만으로 채웠다.

그 덕분에 사전에 몰려온 자위대를 막고 시간을 벌 수 있었다.

"당장 이곳을 떠나셔야 합니다."

"하지만 어디로? 무슨 수로?"

"그건⋯⋯."

이런 비상상황에서 갑자기 번개같이 해결책이 나올 리 없다.

그 순간 요히토의 머릿속에 한 가지 기억이 떠올랐다.

신동하가 준 옷.

지금 입구에는 자위관들이 잔뜩 몰려와 있고, 안으로 들어오려는 그들을 강제로 막고 있는 상황이었다.

"당장 아내와 아이사코를 주차장으로 대피시키게."

"네? 하지만 주차장으로도 조금 있으면 자위대가 몰려들 겁니다."

"알고 있네. 방법이 있으니 거기로 가서 걸리지 않게 몸을 숨기고 있으라고 해. 나는 잠시 준비할 게 있네."

"알겠습니다, 전하."

부하는 고개를 숙이고 바깥으로 나갔고, 요히토는 다급하게 서재로 가서 감춰진 옷을 찾았다.

다행히 그 옷은 아직 그대로 있었고, 요히토는 서둘러 갈아입었다. 그리고 원래 옷을 감추고 나가려는 순간, 문이 벌컥 열렸다.

"뭐야?"

요히토는 심장이 미친 듯이 뛰었다.

완전무장을 한 자위관 세 명이 서서 자신을 바라보고 있었다.

"아무도 없나?"

"응?"

"아무도 없냐고. 여기는 요히토 집무실이잖아."

걸린 줄 알고 바짝 얼어붙어 있던 요히토는 다급하게 대답했다.

"여기는 비어 있다."

저들이 여기를 수색하다가 자신이 벗어 놓은 옷을 발견하면 곤란하다.

"젠장, 천황궁을 뒤져라! 요히토를 잡아야 한다!"

다행히 군복을 입고 있는 요히토를 믿은 남자들은 바로 바깥으로 나갔고, 뒤에 남은 요히토는 안도의 한숨을 내쉬면서 그곳을 나와서 주차장으로 향했다.

그리고 주차장에는 예상대로 그들이 타고 온 차량이 세워져 있었다.

'역시 그렇군.'

그들이 오면 당연히 안쪽부터 뒤질 걸 알기에 그는 반대로 아내와 딸을 바깥으로 대피시킨 것이다.

그는 주변을 두리번거리다가 핸드폰을 들었다.

그리고 아내에게 전화를 걸었다.

그 순간 정원 으슥한 곳에서 들리는 벨 소리.

벨 소리는 다급하게 꺼졌지만 위치는 확인할 수 있었다.

"여보!"

"전하!"

"아빠!"

자위대 복장의 남자가 다가오자 얼굴이 사색이 되어 있다가 그대로 주저앉는 세 사람.

아내와 딸 그리고 그들을 경호하던 여성 경호원이었다.

"바로 가지. 차가 저기에 있으니 하나 골라서 나가면 의심은 하지 않을 거야."

일단 요히토가 군복을 입고 있기에 확실히 가능성이 있는 탈출 방법이었다.

"하지만 키가……."

"군용 차량은 키가 필요 없는 버튼식입니다."

원래 여성 자위관이었던 경호원은 키를 걱정하는 요히토의 아내에게 걱정하지 말라며 설명해 줬다.

누가 언제 어디서 어떻게 운전할지 모르기에 군용 차량들은 버튼식으로 출고가 된다.

어차피 훔쳐 가 봐야 너무 튀어서 쓰지도 못하고, 상시 사람들이 관리하기에 훔치지도 못하니까.

"하지만 어디로요?"

그게 문제다.

이미 일본은 완전 계엄 상태다.

그런 상황에서 어디로 숨는다고 한들 오래 버틸 수도 없거니와, 버틴다고 한들 그들을 도와줄 사람도 없다.

이미 자위대가 야베의 통제에 따르기 시작한 이상 그걸 전복할 세력은 일본 내부에는 없는 것이다.

"그건……."

요히토도 뭐라 말하지 못하고 고개를 푹 숙이며 주머니에 손을 넣었다.

그런데 그 주머니에 뭔가가 들어 있었다.

"어? 이건 뭐지?"

요히토는 주머니에 들어 있던 물건을 꺼내 보았다.

작은 종이였다.

주소가 하나 적혀 있는.

"설마……?"

생각해 보면, 아무리 친구의 옷이라지만 신동하가 이걸 빨지도 않고 줬을 가능성은 없다.

그런데 이 종이는 물에 젖은 흔적이 없었다.

그 말은, 옷을 빤 후에 새로 넣었다는 소리다.

"우리가 갈 곳은 여기다."

그는 그 주소를 보여 주고 말했다.

"다행히 차는 지키는 사람이 없군요."

천황 일가를 모조리 잡아야 한다고 생각한 것인지 차를 지키는 병력은 단 한 명도 없었다.

최악의 경우 총격전까지 각오했던 경호원은 안도의 한숨을 내쉬었다.

"이걸로 하지."

가장 가까이에 있는 차량으로 올라타는 요히토.

다행히 기름은 꽉 채워져 있었다.

"전하, 운전은 제가 하겠습니다."

경호원이 나서려고 했지만 요히토는 고개를 흔들었다.

"군용 차량을 민간인이 운전하면 의심받게 될 거야. 그러니 내가 운전하지."

"하지만 전하……."

경호원은 걱정스럽게 그를 바라보았다.

그럴 수밖에 없는 게, 요히토는 천황가로서 언제나 남이 태워 주는 차만 탔으니까.

당연히 운전면허도 따지 않았다.

"걱정하지 말게. 나도 할 줄 알아. 어설프기는 하겠지만, 익숙해지겠지."

그는 그렇게 말하면서 운전석에 앉았고, 마치 경험이 있는 것처럼 천천히 차를 출발시켰다.

심지어 어설플 거라는 그의 말과 다르게, 느리기는 했지만 안정적인 운전이었다.

"전하, 어떻게 운전을……?"

단 한 번도 배울 기회가 없었던 요히토의 의외의 운전 실력에 조수석에 있던 경호원은 놀라 물었다.

"〈프로 플레이어 4〉."

경호원은 잽싸게 입을 다물었다.

⚖

"전하!"

종이에 적혀 있는 주소지로 가니 역시 신동하가 있었다.

"여기까지는 어떻게……?"

"차를 타고 왔네. 다행히 동행자가 있어서."

만일 요히토 가족만 왔다면 아마 길을 잃어버렸을 것이다.

하지만 경호원은 내비게이션도 핸드폰도 쓸 수 없는 상황에서 능숙하게 길을 안내했고, 그 덕분에 어렵지 않게 여기까지 올 수 있었다.

중간에 기름도 한 번 넣어 주고 말이다.

요히토의 가족들은 다급하게 나오느라 돈도 한 푼 없었으니까.

"검문은 안 당하셨습니까?"

"한 번 걸렸지만 다행히 쉽게 넘어갔네."

주요 통로를 막고 있기는 했지만 샛길로 다니는 요히토의 일행에게는 문제가 되지 않았다.

딱 한 번 걸리기는 했지만 아무도 군복을 입고 있는 요히토를 의심하지 않았고, 거기에다가 경호원이 자신의 신분증을 내밀자 별말 없이 통과시켜 줬다.

그녀는 경호실 소속인데, 거기에는 천황가의 경호원인지 아니면 총리실의 경호원인지 나와 있지 않기 때문에 당연히 총리실 경호원이라고 생각한 것이다.

그 멀리까지 천황가의 경호원이 나올 리가 없다고 생각했을 테니까.

"상황은 어떤가?"

"야베는 야당의 주요 정치인들을 무차별적으로 체포하고 있습니다. 사실상 정권 유지가 목적이 아니라 국가 전복이 목적인 듯합니다."

"으음……."

요히토는 침음성을 삼켰다.

야베가 이렇게까지 할 줄은 정말 꿈에도 몰랐다.

"그나저나 이제 어떻게 해야 하나? 근처에 별장 같은 곳이라도 있나? 하지만 언제까지고 계속 숨어 있을 수는 없지 않나?"

"별장은 있습니다만, 거기로 가지는 않을 겁니다. 혹 전하가 오실지 몰라 기다렸던 것뿐입니다. 이리 오시지요."

요히토를 데리고 어디론가 가는 신동하.

그들은 차를 타고 한참을 이동한 끝에 바다와 강이 만나는 지점에 작게 만들어진 선착장을 발견할 수 있었다.

"이건?"

"제가 구입한 요트입니다."

작은 배로, 세 개의 엔진이 장착된 요트였다.

"선실 안쪽에 식량과 물이 잔뜩 실려 있습니다. 기름도 충분히 넣어 놨습니다. 아무리 못해도 3주 정도는 바다에서 버틸 수 있을 겁니다."

"3주? 설마 바다에서 이 사태가 끝나기를 기다리자는 건가?"

"아닙니다, 전하. 우리는 다른 나라로 갈 겁니다."

"다른 나라? 어디로?"

"한국입니다."

"한국……."

가장 가까우면서도 가장 사이가 좋지 않은 나라.

그리고 야베가 쿠데타를 일으키게 된 원인을 제공한 나라.

그러나 한국을 제외해 버리면, 중국이나 러시아는 믿을 수가 없다. 더 먼 곳은 이 작은 배로 가는 데 한계가 있고 말이다.

"하지만 자위대가 가만있지 않을 겁니다. 한국이라면 밀수선을 잡기 위해 순찰도 자주 도는 편이고요."

경호원은 걱정스러운 표정으로 말했다.

물론 엔진 세 개짜리 배이기는 하지만 군용 선박보다는 느릴 수밖에 없다.

"당장 한국으로 가지는 않을 겁니다. 감시당할 수도 있으니, 여기서 바로 한국으로 가면 의심받을 겁니다."

"그러면?"

"쓰시마로 갈 겁니다."

"쓰시마?"

"일단 타시지요."

천황 일가를 태우고 그곳을 떠나는 신동하.

다행히 쓰시마로 가는 항로는 별문제가 없었다.

그러나 거기서 한국으로 가는 것은 전혀 다른 문제였다.

쓰시마에 도착한 신동하는 북쪽의 암초가 많은 곳으로 배를 몰았다.

위험하기는 하지만, 큰 배들은 접근을 못 하니까.

물론 다른 목적도 있었다.

"뭐 하는 겁니까!"

신동하가 핸드폰을 꺼내자 경호원은 다급하게 그걸 빼앗았다.

"이걸 작동시키면 우리가 여기에 있다는 걸 알려 주는 겁니다."

신동하는 다시 그녀의 손에서 핸드폰을 되찾아 오며 말했다.

"걱정하지 않으셔도 됩니다. 이 핸드폰은 한국의 핸드폰입니다."

"무슨 소리입니까? 한국산이라고 해도 결국 추적 대상입니다."

"한국산이라는 게 아니라, 한국 전화국의 핸드폰이라는 겁니다."

"뭐라고요?"

신동하는 꺼져 있던 핸드폰을 켜서 확인하면서 뒤도 안 돌아보고 말했다.

"제가 쓰시마로 온 이유는, 여기가 한국의 기지국과 연결이 되기 때문입니다."

"한국 기지국과 연결된다고요?"

"그렇습니다. 일부 지역이기는 하지만, 한국 핸드폰의 강력한 전파 덕분에 한국과 통화가 가능합니다. 그리고 이 핸드폰은 한국의 핸드폰이고요."

그 말에 경호원의 눈이 크게 뜨였다.

그렇다면 아무리 야베라 할지라도 감시는 불가능하다. 그 통화는 한국의 기지국을 통해 이루어질 테니까.

"그러면 걸릴 위험은 없겠군요. 그러면 이제 어쩌실 겁니까?"

핸드폰의 단축 번호를 누르며, 신동하는 떨리는 목소리로 말했다.

"우리를 구해 줄 지원군을 부를 겁니다. 아주 강력한 지원군을요."

다음 권으로 이어집니다

이것이 법이다

활 쏘는 대마법사

한시웅 퓨전 판타지 장편소설

거침없는 팩트 폭격으로
드래곤조차 눈치 보게 만드는
극강의 꼰대! 아니, 최강의 궁신이 나타났다!

유일하게 '신'이라 불리는 무인, 궁신 하철혁
자격을 시험받다 우화등선에 실패해
새로운 세상에서 눈을 뜨는데……

내공이 한 줌도 없다?

제로부터 시작하는 이세계 생활에 놀람도 잠시
처음으로 아버지라 느낀 존재가 살해당하고
그 뒤에 모종의 음모가 있음을 알게 되는데!

이세계에서도 궁신의 신화는 계속된다!
군필도 두 손 두 발 드는 FM 정신으로
안 되는 것도 되게 하라!

기어코 무대로

공원동 현대 판타지 장편소설

"관심을 받으면 집중이 잘돼요."
사상 최강의 관종(?) 싱어송라이터가 나타났다!

데뷔 직전 사고로 인해 모든 것을 포기한 도원경
삼 년 뒤, 그에게 기적이 일어났다?

사람들의 시선을 받으면 능력이 발현!

너튜브 영상이 대박 나고
서바이벌 오디션 출연 제의까지?

도원경 사전에 더 이상 포기는 없다!
좌절을 딛고, 『기어코 무대로』!